LA COURTE ANNÉE
DE RIVIÈRE-LONGUE

Elise Lagacé

LA COURTE ANNÉE DE RIVIÈRE-LONGUE

Hurtubise

Catalogage avant publication de Bibliothèque et Archives nationales du Québec et Bibliothèque et Archives Canada

Lagacé, Elise

    La courte année de Rivière-Longue

    ISBN 978-2-89723-088-3

    I. Titre.

PS8623.A383C68 2013   C843'.6   C2012-942367-X
PS9623.A383C68 2013

Les Éditions Hurtubise bénéficient du soutien financier des institutions suivantes pour leurs activités d'édition:

– Conseil des Arts du Canada;
– Gouvernement du Canada par l'entremise du Fonds du livre du Canada (FLC);
– Société de développement des entreprises culturelles du Québec (SODEC);
– Gouvernement du Québec par l'entremise du programme de crédit d'impôt pour l'édition de livres.

Conception graphique: René St-Amand
Illustration de la couverture: Nadia Brodeur
Maquette intérieure et mise en pages: Andréa Joseph [pagexpress@videotron.ca]

Copyright © 2013 Éditions Hurtubise inc.

ISBN: 978-2-89723-088-3 (version imprimée)
ISBN: 978-2-89723-089-0 (version numérique PDF)

Dépôt légal: 1er trimestre 2013
Bibliothèque et Archives nationales du Québec
Bibliothèque et Archives Canada

Diffusion-distribution au Canada: Diffusion-distribution en Europe:
Distribution HMH   Librairie du Québec/DNM
1815, avenue De Lorimier   30, rue Gay-Lussac
Montréal (Qc) H2K 3W6   75005 Paris FRANCE
www.distributionhmh.com   www.librairieduquebec.fr

Imprimé au Canada
www.editionshurtubise.com

À *Pierre, André, Jacques et L'Ours*

Prologue

Personne ne sort du village de Rivière-Longue depuis longtemps. Certains y sont nés, d'autres y ont atterri par hasard, mais jamais personne n'en est ressorti. Pas même les pieds devant. Tous ceux qui y meurent y sont enterrés. À Rivière-Longue, les tombes sont fleuries chaque dimanche, même l'hiver. À Rivière-Longue, on n'oublie jamais les morts, on les chérit éternellement. Eux, sont restés.

Mais on ne parle jamais des absents.

Surtout pas d'Aline qui, un matin, est partie.

Elle-même surprise d'avoir réussi.

Parce qu'il est plus facile de rester

« NE TE RETOURNE PAS. Ne laisse pas ton regard s'appuyer sur ce corps endormi et inoffensif, tu vas rester. Regarde le mur et redresse-toi doucement. Respire lentement, ton souffle ne doit pas faire de bruit. Étire ton bras. Lentement. Voilà. Tire sur le cordon du réveille-matin, il ne doit pas sonner. Il ne doit pas se réveiller. Les oiseaux, restez tranquilles. Marcelle, ne te réveille pas.

Vas-y, Aline. Mets un pied sur le plancher, appuie-le bien pour ne pas que les lattes craquent. Mets tes bas, doucement. N'importe lesquels. Prends un bas, puis un autre. Enfile-les et lève-toi. Tu vas te parler pour ne pas paniquer, pour ne pas figer.

Voilà tu es debout, reste le dos tourné à lui et regarde la porte de la chambre à coucher. Avance lentement vers elle. Elle est entrebâillée, tire-la vers toi et sors, sors de la chambre pour la dernière fois. Silence, les gonds! Ne te retourne pas. Tu l'entends bouger mais continue à avancer, fais semblant d'aller à la salle de bain. Ferme doucement la porte de la chambre et va vers le cabinet, prends ton manteau au passage mais ne l'enfile pas, garde-le sur ton bras, le bruit de la fermeture éclair le réveillerait. Continue d'aller vers les cabinets. Laisse passer quelques secondes. Regarde la cuvette, regarde l'eau immobile, respire. Tire la chasse, tire la chasse pour qu'il ne se doute de rien. Et le bruit de l'eau couvrira le cliquetis de la porte d'entrée, vas-y, dépêche. Tous les bruits familiers mais inusités à cette heure sont tes ennemis. Tu n'oses jamais sortir quand il dort. Ouvre la porte. Prends tes bottes, mais ne les enfile pas, tu les mettras dehors. Penche-toi, doucement. Une botte, deux bottes. Toussote pour couvrir le grincement des gonds de la porte d'entrée. Ne respire plus. Tiens la poignée, ne laisse pas le ressort se détendre. Referme-la lentement, relâche la poignée le plus lentement possible, laisse le ressort se détendre et recule. Chaque geste est calculé. Tu as le dos tourné au village, l'œil fixé sur la poignée que tu vas devoir faire pivoter. Ne verrouille pas le loquet, il est trop bruyant et pourrait te perdre. Saute par-dessus les marches du porche, elles sont trop craquantes et dans

l'écho du matin elles résonneraient si fort. Saute
en bas et marche. Garde le rythme et ne t'énerve
pas. Tes bras tremblent, c'est normal. Ne t'en fais
pas, ils ne se détacheront pas. Mets ton manteau en
marchant, ne t'arrête surtout pas, ne t'arrête plus
jamais. À l'orée du village tu te cacheras derrière
le gros sapin et tu chausseras tes bottes, mais tu ne
prendras pas le temps d'attacher tes lacets, tu ne te
pencheras pas. Tu glisseras les cordons dans le bout
de la chaussure avec tes orteils, tu ne ralentiras pas.
Allez. Respire et marche. N'arrête pas de marcher.
Tu es presque sauvée, vas-y, encore quelques pas.
Voilà le sapin. Appuie-toi sur le tronc et dépose
tes bottes par terre. Glisse tes pieds dedans sans
te pencher. Dos droit, dos droit! Comme on a
dit. Reste droite, tu ne pourrais pas te relever et
tes larmes déborderaient. Reste droite, regarde
le sapin, reste droite. Regarde le sapin. Ne pense
pas à Marcelle, et ne laisse pas ton regard glisser
vers la grève. Martin est là. Marche, marche vite
et ne te retourne pas. Ne pense pas à Marcelle.
Ne pense à rien. Ne pense à rien. Tu es vide. Vide
et tu marches. »

Un matin brumeux

ALINE N'A PAS FAIT SES BAGAGES avec soin. Elle doit quitter Rivière-Longue au plus vite, prise dans l'urgence de ne pas changer d'idée. Elle laisse Son, le mari que sa mère a choisi pour elle, mais surtout, elle abandonne sa fille. Elle aimerait lui dire qu'elle reviendra mais elle ne peut pas. Elle ne pourra pas revenir. Sûrement pas.

C'est l'aube. Une aube pluvieuse où le temps s'arrête en pleine nuit. Où le matin ne vient pas. Une pluie écrasante et des gouttes pesantes éclatent sur le visage d'Aline. Il est cinq heures du matin et Aline s'échappe enfin. Elle a l'impression de courir, mais en réalité elle marche lentement, pesamment. Les remords l'attirent vers sa maison, restée derrière. Elle n'adresse pas une seule pensée à ses parents. Le vent la pousse trop fort et elle sent ses côtes craquer dans son dos. Elle ne prend pas le temps de caresser du regard ce paysage tant aimé que la brume couvre d'une blancheur trop tragique pour Aline qui ne veut pas faire de drame. Elle sent le souffle de Mignonne derrière ce vent. Cette mère qui pourrait déchaîner une tempête. Même sur sa propre fille. Aline imagine Placide, ce père ouaté d'une douce indifférence, emballé dans un châle de tristesse. Il laisse échapper des volutes sucrées de sa pipe usée. Il laisse Mignonne pousser leur fille hors du hameau. Il ne regarde pas sa fille s'évanouir lentement. Mignonne n'autorise pas la compassion. Mignonne n'autorise pas les regards. Trop souvent complices. L'anarchie naît si souvent de la complicité.

Aline n'a rien fait de mal. Pourtant, elle est fautive. Surtout, elle est coupable. Pour les habitants de Rivière-Longue, il ne s'était jamais rien passé. Ils n'ont rien entendu. À Rivière-Longue, ça ne se fait pas. On ne doit rien changer des choses établies. On ne fait pas de remous. Seul le vent a le droit de souffler en rafales. Pas Aline. Il ne faut pas. Il faut cacher. Camoufler. Faire comme si rien ne se passe. C'est la faute d'Aline. Elle doit partir. Soufflée hors du village.

Aline est ainsi la seule à s'être évanouie dans le lointain. Dans ce petit village de quelque deux cents êtres, l'on n'en parlerait pas. Être en exil, en ce matin d'octobre, Aline est fugitive. Elle se sent seule et traquée.

Parce qu'on est toujours seul dans la fuite.

Tentant de s'empêcher de regarder, elle aperçoit tout de même la silhouette du Grand Martin sur la grève. Le pêcheur prépare sa barque pour aller sur le fleuve dès la tempête calmée. Un soupir trop longtemps retenu s'échappe et prend d'attaque la poitrine d'Aline. Tout le mal a été fait. Elle et Son avaient sombré doucement. Martin était resté au loin. Indifférent comme Placide. Aline avait toujours aimé Martin. Les histoires d'amour que l'on vit chacun pour soi sont si simples. Mais Mignonne avait choisi Son. On choisit toujours un peu le mari de sa fille. Ainsi tout avait été dit et l'union consommée, il y avait dix ans de cela.

Sauf que maintenant il n'est plus possible pour Aline de rester, elle l'a dit à sa mère et aussi le pourquoi. Mais Mignonne ne l'entend pas ainsi. On ne renie pas ses responsabilités, on n'abandonne pas un être dans le besoin. Les dernières paroles qu'elle adresse à son enfant se noient dans un regard muet. Il n'y a pas eu d'au revoir entre Aline et Mignonne. Il n'y a eu aucun au revoir entre Rivière-Longue et Aline. Les au revoir sont pour ceux qu'on reverra, les adieux pour ceux que l'on a aimés. Aline avait fait ses adieux à Marcelle, sa fille.

Ce matin-là, la vue du large dos du pêcheur ne réconforte pas la jeune fille. Lui ne se retourne pas. Aline ne sait pas qu'on lui a fait comprendre de ne plus se retourner sur son passage. C'est trop dangereux pour elle. Aline aux yeux brillants, Aline aux yeux si bleus. Ce matin-là, s'il s'était retourné, Aline ne serait pas partie. Mais il ne se retourne pas. Il aurait eu à s'expliquer, il aurait dû avouer ce qu'il savait. Et il y a tant de nœuds à défaire dans son filet. Son filet... son filet... défaire les nœuds... tant de nœuds...

La gorge d'Aline est aussi nouée. De tant de cris, de tant de larmes. Mais on ne pleure pas à Rivère-Longue où seule la pluie tombe.

Elle marche jusqu'à L'Anse-au-Meunier. De longues heures. Trempée jusqu'aux os. Heureusement que la stupeur la protège du froid comme un manteau. Elle s'assied à une trop grande table dans un restaurant bondé.

Au gré des assiettes, qui vont pleines et reviennent vides, elle pleure. Le dos droit, le regard perdu très loin devant elle, coincé dans les lattes du mur en pin. Elle pleure longtemps. Personne ne vient s'enquérir d'elle. Aline croit que Mignonne les a alertés, que Son guette leur compassion, que tout le monde est contre elle. Mais en réalité, sa peine semble si petite à cette marée humaine affamée que personne ne la voit. C'est juste ça. Elle écrit une première lettre à sa fille sur un napperon de papier. En regardant le fleuve s'ébrouer, elle lui raconte pourquoi elle l'a quittée. Il pleut à torrents. Le fleuve froisse le rivage déjà mouillé. De longues traînées d'eau glissent sur la fenêtre. Glissent sur les joues d'Aline qui pleure encore. Elle écrit à sa fille de cinq ans qui ne sait pas lire. Mais elle saura un jour. Elle lira les lettres de sa mère.

Le ventre vide, elle prend le traversier de neuf heures et demie et disparaît.

⌐

Ce matin-là le silence s'installe à Rivière-Longue. Aline est partie, donc plus rien ne peut troubler la paix du village. Son ne dira rien, il fera comme si Aline n'avait jamais existé. Complices dans ce silence, les villageois décident de ne plus parler. De chérir leur indifférence. Le soulagement s'installera sûrement. Plus rien ne peut arriver. Plus jamais. Et on ne laissera personne quitter Rivière-Longue. Ce ne sera plus nécessaire. Peu à peu, Rivière-Longue s'effacera des cartes routières. Peu à peu, Aline s'effacera de leur souvenir. Rivière-Longue disparaîtra et Aline n'aura jamais existé. On dira à Marcelle : tu n'as jamais eu de mère. On dira à Son : ce n'était pas de ta faute, tu n'as rien fait. On ne sait rien. Tu ne te souviens pas. On ne se souvient pas.

Le village de Rivière-Longue

SUR LES BORDS DE LA RIVE SUD du fleuve, cachée entre deux collines, Rivière-Longue s'endort doucement. Ville silencieuse qui s'applique à écouter les froissements des feuillus et le grondement du ressac, elle n'existe presque plus. Petit village rond, rabattu sur ce bras de l'Atlantique, loin de la route. D'un côté les vagues et de l'autre des vallons et des forêts aux couleurs changeantes.

Une seule rue sillonne le village. D'un bout à l'autre. Aucune intersection, car c'est moins de risques. Et l'on se traîne le long de ce triste chemin, pompeusement qualifié de Boulevard, ennobli d'une nostalgie que l'on porte jour et nuit, la tête haute, le pied pesant et à la boutonnière, la piété ostentatoire de ceux qui ne profitent de rien.

Les habitants de Rivière-Longue sont tous assez vieux. Il y a bien peu d'enfants. Les enfants parlent trop… d'ailleurs, faire des enfants, ce n'est pas raisonnable. C'est même fortement déconseillé… et il n'y a pas de mariages d'amour au village, que des mariages de raison. À Rivière-Longue, la passion n'est pas souhaitable, l'amour, c'est si imprévisible, un enfant, c'est si déroutant… et l'amour, c'est si incontrôlable… tellement inutile… Et ça grandit, un enfant. Et l'amour aussi, ça grandit. Et ça nous déçoit. Et l'amour, ça gonfle et ça éclate. Et l'amour, ça gifle et ça cogne. Et c'est si dur de ne pas gifler un enfant, de ne pas cogner un cœur naïf pour le ramener à la réalité. À Rivière-Longue, on déteste les enfants, on déteste être déçu… on déteste être amoureux.

À Rivière-Longue, on mélange bien des choses.

Dans ce hameau, on ne cultive ni la terre ni la mer. On survit de tout et de rien. On se nourrit de vieilles rancunes et des colères du jour. Un lourd brouillard de désapprobation enveloppe le village depuis déjà longtemps. C'est ainsi que les jeunes ont tous vieilli très vite, passant de l'enfance à l'âge adulte d'un seul trait, ridés jusqu'au cœur dès la naissance.

À Rivière-Longue, on ne souhaite pas que les choses changent. On refuse que le temps passe et dans un mutisme acharné on espère qu'un jour il s'arrête. Un immense métronome marque les temps de la vie quotidienne. Monotone. Les mêmes gestes sont répétés chaque jour, à la même heure, avec la même absence. À Rivière-Longue, on déteste avoir une surprise, ça n'est pas pensable et surtout, ça n'est pas à l'horaire.

Ici, on arrache souvent les fleurs, on déteste voir de nouvelles couleurs, ça crée un malaise… puis les fleurs, ça sent bien trop fort et ça plie au vent et ça aime la pluie et ça rougit au soleil. C'est qu'on n'apprécie guère les parfums capiteux et distrayants. Les fleurs, on les garde pour les morts. Eux ont su faire les choses dignement et savent se tenir tranquille, on les en remercie tout le temps. Les couleurs de l'automne sont aussi considérées excessives. Est-ce nécessaire de faire autant de tapage pour une si petite saison? Quand les feuilles se colorent en septembre, on fait comme si on n'avait rien entendu.

En fait, on n'aime pas plus les fleurs et la folle végétation que les animaux. On se méfie surtout des chats, on ne sait pas d'où ils sortent. Il faut les flatter et flatter un chat, ça rend heureux. Un chat, ça ne sert à rien, c'est bien du souci, ça demande des soins et c'est impénétrable… surtout, un chat de gouttière, ça peut partir n'importe quand. À Rivière-Longue, on n'aime pas les départs, pas plus que les arrivées. L'indomptable impromptu est redouté.

On déteste bien sûr les oiseaux. Les oiseaux domestiques sont interdits… parce que les oiseaux en cage, ça peut se sauver. C'est angoissant… les oiseaux libres aussi, c'est angoissant. On ne sait pas d'où ils viennent et on ne sait pas où ils vont et ils se ressemblent tous, comment savoir si c'est un habitué ou un étrange ? On veut absolument savoir. Par-dessus tout, on n'aime pas les êtres qui vont quelque part. À Rivière-Longue, on rejette l'ailleurs. Ailleurs, ça n'existe plus, même en pensée, même en secret, même en rêve. À Rivière-Longue, on préfère Nulle part et l'on se contente d'ici.

Le Maire et les autres

À RIVIÈRE-LONGUE, il y a Le Maire. Mignonne, mère d'Aline, aime tant Le Maire. Il est dur Le Maire, il est fort Le Maire, c'est un roc Le Maire ! Placide, père d'Aline, n'aime pas Le Maire, mais il ne l'a jamais dit tout haut. Mignonne pourrait fondre devant Le Maire, mais elle n'est pas comme sa fille. Elle ne fond pas, Mignonne. Elle résiste ! Elle sait se tenir ! C'est une falaise, Mignonne !

Au village, il y a aussi La Boulangère, Madeleine. Elle fait de délicieux biscuits. Mais au village, on n'aime pas trop les biscuits. Les biscuits, c'est futile et tendre, c'est pour les enfants, le Père Noël et les chiens. Le Maire ne l'a jamais dit, mais il adore les biscuits. Mais on a rarement vu un maire faire un point de presse pour annoncer qu'il aime les biscuits. On pourrait croire que c'est un tendre. Il adore aussi Madeleine. Mais ça il ne le sait pas lui-même.

Il y a tous les commerces indispensables au village, alignés de chaque côté du Boulevard. Ils sont de briques rouges. Tous sans exception. Rien ne choque l'œil, tout est uniforme. La brique rouge uniforme est un excellent moyen d'éviter la fantaisie. Entre fantaisie et anarchie, il n'y a qu'un pas. Pour les villageois, tout le nécessaire est ainsi à portée de main, même les clients. Personne n'a besoin de sortir, personne n'a besoin d'entrer. Ce serait mal vu d'aller encourager l'économie étrangère, tout comme ce serait mal vu d'avoir un étranger qui vienne salir l'économie locale. Imaginez, un client qui vient de la ville… De toute façon, on a besoin de bien peu de chose à Rivière-Longue. Bien peu. On peut carburer longtemps avec un soupçon d'amertume.

À l'orée du village, Gus et sa quincaillerie marquent le début du Boulevard. Ce petit commerce, sorte de magasin général, est la propriété de Monsieur Le Maire et Gus n'est pas peu fier d'être ainsi son homme de confiance. S'il avait su que Le Maire l'avait simplement mis en poste parce qu'il le jugeait trop sot pour penser à le voler… Mais pour Gus, c'est toute sa vie. Depuis ses quinze ans, lui qui en aurait bientôt trente-cinq, le bonhomme roux et tavelé campe derrière le comptoir de cette petite boutique. Ne pensant pas au chiffre d'affaires, s'assurant seulement de tenir un inventaire décent pour servir la populace.

À côté de l'église, il y a Le Père Bourrassa qui tient son épicerie. Assez pratique, puisque c'est également lui qui exploite la ferme, il vend donc ses propres produits. C'est maintenant le fils, Joseph, qui s'occupe de la terre, ce qui permet au père de s'épivarder à la boutique. La vie du Père Bourassa serait pour ainsi dire parfaite, si ce n'était de son cheval Brutus, qui se sauve fréquemment. Peut-être se sauve-t-il à la place de Joseph qui lui aussi prendrait bien la clé des champs. Si seulement il le pouvait... Mais la fierté familiale est une laisse bien courte et si serrée que même un puissant rut a de la difficulté à la détacher.

Au bureau de poste, il y a Agnan. Agnan est le préposé des postes. Il reçoit cinq à dix lettres par jour. Les habitants de Rivière-Longue s'écrivent quelquefois. De petits mots inoffensifs et sans saveur. Sans danger. C'est bien sûr: les habitants de Rivière-Longue n'ont rien à écrire à personne.

Quelquefois, on envoie des cartes d'anniversaire où le souhait est déjà imprimé. On y glisse un billet vert ou mauve, une signature illisible et on la poste illico pour oublier ce manquement à l'indifférence. Cet élan moulé dans le décorum.

Si on n'y prête pas attention, le bureau de poste n'est qu'une petite bâtisse disgracieuse d'un seul étage. Briques rouges et porte vitrée beurrée d'empreintes digitales. Une haie de deux mètres de haut d'un cèdre touffu dérobe aux regards l'arrière du bâtiment, n'offrant au passant qu'une devanture modeste. Pourtant, derrière ce mur opaque se déploie une salle de tri clandestine. Là, des bénévoles soucieux de la moralité des villageois censurent le courrier entrant et sortant. On s'active jour et nuit à biffer et réécrire chaque missive.

C'est ici que tout se joue. On trie, on renifle, on classe. On aseptise cette marée de mots et de sentiments. Les lettres qui parlent de l'ailleurs sont brûlées ainsi que les enveloppes parfumées. Tout ce qui va à la poste restante est jeté dans un immense carton. Un carton obèse, boursouflé par l'humidité, qui craque et qui fend. Ça fait des années qu'il traîne dans un coin, personne n'a envie de se pencher pour le dégager de là. Il fait presque partie des employés.

Tout le reste est poussé vers l'arrière dans la salle de rédaction. Une salle basse de plafond et pleine de présomption. Ici s'activent ceux et celles qui ont la charge et l'honneur de tout lire et réécrire. Ces poules couveuses prennent en leur sein toutes ces lettres immorales et sensibles, dégoûtantes d'empathie. Une à une elles disloquent, déchirent, s'indignent puis recousent. Chaque lettre est retranscrite à la machine. Pas de plume raffinée. Pas de stylo bille décontracté. Pas de mine de plomb appliquée. On tape à la machine. C'est plus respectable ainsi. Pas de lettrines, pas de main qui tremble. Pas de traces de larmes. Pas de petits dessins d'enfants. Pas de petits cœurs sur les i, un jour ou l'autre ils seront tous brisés. Alors à quoi bon ?

À Rivière-Longue, les seules lettres qui ne sont pas censurées sont celles que la mer pousse vers le rivage dans leurs bouteilles de verre givré par le sel du large. Car il y a des âmes sensibles au village. Elles n'ont pas voix au chapitre, mais elles s'écrivent des lettres. Elles restent ainsi tranquillement en marge. Apaisées par l'idée de ne pas être seules. Le Grand Martin pêche les lettres avant que les bien-pensants ne s'en emparent. Quelquefois, les soirs de pleine lune, les maisonnées endormies laissent s'échapper des silhouettes furtives. Il n'y a pas de réverbères à Rivière-Longue. Seule la lune éclaire les hérétiques. On se rassemble sur la plage et Martin procède à la distribution. Tout se passe très vite et chacun repart avec une bouteille sous le bras sans égard pour le destinataire. On retourne prudemment chez soi pour y découvrir le nom du propriétaire légitime de l'envoi. Dans les jours suivants se déroule un jeu discret où chaque mot retrouve le cœur où il va loger.

Lors de ces sorties clandestines, les villageois plus téméraires en profitent pour respirer un peu. Une nuit de lune rouge, Agnan a pris la main de Madeleine. C'était il y a longtemps. Quelquefois le soir en s'endormant, Agnan se souvient de la petite chose gracile et tiède, blottie, bien serrée entre ses doigts secs et noueux. Fugace et précieuse comme un papillon. Il se souvient de l'air humide contre son visage et de l'odeur de l'herbe longue, épicée et onctueuse. Leurs pas côte à côte. Des pas lents et amis. Il avait presque effleuré son genou avec le sien. Dans un accès de confiance qu'il ne se connaissait pas, il lui avait glissé à l'oreille « que vous êtes belle madame ». Puis il l'avait laissé partir.

Le temps est bien long à Rivière-Longue.

Pour Agnan et pour tout le monde.

La fois qu'y a un chien qui a jappé

DE PRIME ABORD, c'est un jour qui n'a pas l'air différent des autres, mais les jours extraordinaires s'annoncent rarement. Tout le monde est en train de vaquer à ses occupations. Le fils à Bourassa traie les vaches, Madeleine fait du pain, Jalbert et Rôti travaillent sur le pick-up, Agnan est en train de passer le courrier, les deux Germaine sont en train de tricoter sur le perron de La Petite…

… et là, La Grosse Germaine entend un jappement. La Grosse Germaine n'aime pas les jappements. Quand tu tricotes, un chien qui jappe, c'est dérangeant. Une maille à l'endroit, une maille à l'envers, une maille à l'enwouf, une wouf à l'envers. Pas moyen de travailler. Les deux madames se regardent. Un regard un peu méchant, une moue qui frise le dédain, elles fixent le lointain le nez en l'air, l'air mauvais. Elles déposent leur tricot au même moment, se lèvent en même temps. Ajustent leurs poitrines de manière pas très élégante mais synchronisée, et partent enquêter.

La Grosse devance La Petite et elles commencent à arpenter la rue principale comme deux cowboys. Confiantes, elles prennent un air irrité et se dandinent jusqu'à la maison du Maire. La scène a des allures de western, les deux dames font des moues à cadrer en gros plan. Leurs traits creusés par les rides, les pattes-d'oie qui rappellent de vieux sourires, les bajoues qui portent le poids d'anciennes déceptions. Impénétrables elles sont. Il y a que c'est pas facile à déchiffrer, un vieux, c'est pas conseillé en fait. À Rivière-Longue en tout cas, les vieux on les déchiffre pas, on les respecte ou on les craint.

Trois coups bien sentis résonnent à la porte de chez Monsieur Le Maire. On entend un pas lourd se diriger vers l'avant de la maison. Les deux dames se raclent la gorge en canon. Hum hum, hum hum, huuuuuuum.

La porte s'ouvre. De haute stature, Le Maire occupe tout l'espace du cadre de porte. Les deux Germaine se raclent la gorge de plus belle, redressant la tête vers Le Maire, on croirait presque un roucoulement. Finalement, La Grosse se décide à parler. La première à sortir de sa pâmoison.

— Monsieur Le Maire, ce qu'on a à vous dire, c'est pas beau.

— Pas beau pantoute, seconde La Petite.

— Pas beau, reprend La Grosse. On s'excuse de venir de bonne heure de même, mais c'est assez grave qu'on pouvait même pus tricoter. Très grave. Sérieux même.

— Sérieux et grave, oui, on a tout laissé sur mon perron et on est venues directement ici, surenchérit La Petite.

La Grosse se racle la gorge encore une fois, un long raclement. Le Maire espère que c'est le dernier, il commence à avoir la nausée à entendre ce concert hautement muqueux. Bienheureux soit Le Maire, La Grosse Germaine se lance alors dans une espèce de diatribe en appuyant sur chaque courte phrase d'un mouvement de la tête :

— Y a un chien qui jappe. Un chien qui jappe à Rivière-Longue. On sait que c'est dur à croire. Mais y a un chien qui jappe. On est deux à l'avoir entendu. Un chien. Qui jappe.

— Oh, oh, oh oui ! ajoute La Petite en fléchissant des genoux sur presque chaque syllabe. Un jappement qui nous a interrompues dans notre tricot. Nous, on tricote depuis quarante-six ans chacune, quarante-six ans de tricot interrompus par un jappement. Y aurait peut-être même des puces, le chien ! Ça sonnait comme un chien qui a des puces. Y aurait peut-être même la rage, la rage !

Ça sonnait comme un chien qui a la rage. Comme le chien à Ti-Gus, quand y a eu la rage. Vous savez, depuis, les chiens sont interdits icitte !

Les deux dames jouent à merveille le courroux, mais leur excitation transparaît. Il se passe quelque chose à Rivière-Longue. Pas un gros quelque chose qui fait mal. Un petit quelque chose qui donne une raison de chialer, de se sentir en vie, de se donner en spectacle. Un petit quelque chose qui réveille, comme un matin piquant en automne ou le vent avant un orage d'été.

Le Maire, quant à lui, vient de se faire un café un peu trop fort et ne se sent pas l'envie de partir à la chasse au chien ce matin. Il n'a pas envie d'expliquer... de parlementer... Que faire ? La question ne se pose pas longtemps. Le Maire est un homme de devoir et de droiture et si deux de ses fidèles électrices sont dans le besoin, il se doit de les soutenir.

— Mesdames, vous avez toute ma confiance, je vous charge de l'enquête, dit-il en resserrant la ceinture de sa robe de chambre qui tient par la peur.

Les deux paires de vieilles épaules se soulèvent en même temps. Les Germaine se regardent, les yeux brillants. Leurs rides s'effacent, leurs dos se redressent, leurs poitrines se raffermissent. Elles ont perdu trente ans en quelques secondes. Une mission, une mission pour Le Maire!

— Monsieur Le Maire, vous serez pas déçu, ça va être une enquête de calibre professionnel, dit La Petite Germaine.

— Je n'en doute pas, interrompt Le Maire. Excusez-moi, mesdames, mais j'ai du travail, vous reviendrez me voir avec les résultats de votre enquête, je vous attendrai avec impatience.

Sans autre forme de politesse, il ferme la porte. Il doit en fait se rendre aux cabinets de manière pressante, mais cela s'explique mal à des électeurs. Quand on est maire, faut savoir broder.

De leur côté, les deux Germaine pensent déjà stratégie. Aller à la chasse au chien, ça s'improvise mal. Dans la lumière matinale encore un peu orangée, les deux dames se mettent à trotter en direction de chez Le Père Bourassa. Si quelqu'un au village doit s'y connaître en matière d'animaux, c'est bien lui, il est fermier après tout. En arrivant à la ferme, elles tombent sur le fils Bourassa les mains sales de terre, l'air déjà fatigué après son train du matin. Il n'est pas neuf heures.

— Salut le p'tit! Ton père est-tu là? l'apostrophe La Grosse Germaine.

Du haut de ses six pieds quatre, le fils Bourassa se dit que s'il avait reçu un dollar à chaque fois qu'on lui avait posé cette question, il aurait pu acheter la ferme de son père à son seizième anniversaire. Son père est un homme populaire qu'on cherche souvent à la ferme où il est rarement.

— Mon père est au magasin, y sera pas icitte avant ce soir, répond-il très poliment.

— Ah bin là, on voudrait pas le déranger au magasin, mais j'ai bin peur qu'y va falloir, dit alors La Petite Germaine, trop heureuse de savoir qu'elles vont mener l'enquête jusqu'à l'épicerie Bourassa.

— Oui, va falloir, reprend La Grosse, faussement consternée.

Les Germaine n'aiment rien de mieux que de se donner en spectacle.

Elles ressentent toutes deux une joie de petite fille à l'idée d'avoir des spectateurs. Elles ne sont pas mal intentionnées, mais étant enfants on les avait contraintes à être de bonnes petites chrétiennes, bien sages et gentilles. Devenues adultes elles aiment jouer au détective, aux commères ou à autre chose. Un enfant, ça réussit toujours à être un enfant, peu importe à quel âge, peu importe comment.

Les deux détectives repartent donc marcher sur le Boulevard, direction Chez Bourassa épicier. Lorsqu'elles arrivent, une bonne dizaine de clients sont à faire leurs courses du matin. Y a pas à dire, les affaires vont bien. Le Père Bourassa rayonne derrière son comptoir, salue les Germaine comme deux reines. Pour le père, le service, c'est important, pis il est tellement content de ne plus être sur la ferme. Il ne l'avait jamais dit à personne, mais il déteste ça, s'occuper des animaux, des champs. Ça le rend malade d'avoir de la terre en dessous des ongles. Mais il avait pas voulu décevoir son pauvre père qui avait tellement hâte de lui laisser la ferme. Aujourd'hui, c'est avec joie qu'il laisse le travail de ferme au fiston et qu'il se précipite à l'épicerie tous les matins. Son fils il aime ça, le travail de ferme, qu'il croit, c'est bin d'adon, qu'il se dit.

— Bonjour mesdames, bonjour, bonjour ! lance Bourassa.

— Ah Monsieur Bourassa, c'est un matin qui commence assez raide, dit La Grosse Germaine d'entrée de jeu.

— Assez raide merci, seconde La Petite.

Les deux se dandinent comme des cannes pour se diriger vers le comptoir où se trouve le bonhomme.

— Ouin, ouin, ouin, que se passe-t-il ?

— Y se passe que… que… bon, je veux pas le dire trop fort, mais pas la peine de vous épargner, vous êtes un homme capable d'en prendre.

Elle s'interrompt pour reprendre ce souffle qu'elle a court.

— Ma bonne Germaine, vous me faites quasiment peur.

— C'est qu'il y a des moments de même où c'qu'on est conscient de porter une mauvaise nouvelle, une bin mauvaise nouvelle. Il va nous falloir le soutien de toute la population pour venir à boutte de c't'histoire-là.

— Bin là Germaine, c'est pus rien que quasiment, c'est réellement que tu me fais peur. Dis-moi, viande ! Ma vache est-tu morte ?

Une bonne vache, ça n'a pas de prix, pis la vieille Gretel, malgré son âge avancé, n'en demeure pas moins une vache très rentable. De craindre la perte de sa vache lui fait perdre son décorum, il se met même à tutoyer la bonne femme et elle, dans le feu de l'action, se met à faire de même.

— Oh non pas ta vache, pas ta vache. Je parle de quelque chose qui touche chaque villageois.

— Wo munute Germaine Gervais, tu sauras que le beurre qu'il y a sur chacune de nos tables provient de ma vache, faque sans vouloir te manquer de respect, sa mort aurait des répercussions dans chaque foyer, parce que du beurre, il s'en mange icitte.

La Germaine étire le cou, prend des airs de martyr, fixe un point au-dessus de la tête du Père Bourassa et reprend le vouvoiement.

— Je voulais pas vous froisser, le père, comprenez bien que je suis juste bin à l'envers depuis la mauvaise nouvelle… Huuuu, huuuu, huuuu.

La Grosse Germaine halète, mais ne peut plus souffler un mot.

— Bin là, arrête de me tenir en haleine de même, tu vas me faire choquer, pis la dernière fois que je me suis choqué mon cheval s'en rappelle encore pis c'te cheval-là a pas de mémoire.

— Correct, correct, huuuu, m'a te le dire, huuuu, continue la pauvre.

Mais c'est La Petite Germaine qui vole le show à La Grosse. Les bras dans les airs pour se donner plus d'importance, elle gesticule et tonne comme si elle annonçait la fin du monde :

— On a entendu un chien, un chiiiiiien, un ccccchhhhien ! Japper, japper, jaaaaaapper plusieurs fois. Icitte ! À Rivière-Longue !

La Grosse, qui a retrouvé son souffle, pousse La Petite pour se mettre à l'avant-scène.

— Le Maire lui-même nous a chargées de mener l'enquête pour qu'on découvre où c'est qu'il est.

— C'est vrai qu'un chien à Rivière-Longue, ça fait longtemps qu'on n'a pas vu ça. Pas depuis que celui de Gus a eu la rage, répond Le Père Bourassa, faussement empathique.

— Bin, exactement, exactement, ça sonnait comme le chien de Gus, donc, c'est sûr qu'il a la rage, surenchérit La Petite.

— Et si on est là, c'est parce qu'on voulait vous demander votre conseil, dit La Grosse, coupant la parole à La Petite.

Les deux dames parlent en même temps et suivent Bourassa de rangée en rangée et c'est à qui flatte le plus le bonhomme.

— Parce que les animaux, vous connaissez ça…

— En votre qualité de fermier…

— Ami des bêtes !

— Et d'homme de bon sens…

— Qui en a vu d'autres !

— Personne de mieux placé que vous…

— Dans tout le village !

— …tout le comté…

— Dans toute la region !

— … la Rive-Sud…

— Dans toute la province !

— LE PAYS !

L'homme interrompt les deux dames en séance d'apnée :

— Mesdames, mesdames, le seul conseil que je puis vous donner est le suivant : le chien ira là où il y a de la nourriture et l'endroit où il y a le plus de nourriture au village, c'est ma ferme. Je vous autorise donc personnellement et exclusivement, vous le direz à mon fils, à faire le tour de ma ferme pour voir si vous n'y verriez pas un chien.

— Oh ! La permission exclusive d'enquêter chez vous ! s'exclame La Grosse ne se tenant plus de joie.

— Oh, oooh !

La Petite perd presque connaissance, mais La Grosse la secoue vitement.

— Awèye fille, pas le temps de ça, faut y aller.

Et elles se dirigent vers la ferme du bonhomme, d'un pas résolu même si chancelant. Les tricoteuses ne sont pas des athlètes. Elles passent devant le fils qui travaille près du bâtiment principal et sans vraiment arrêter leur marche, lui lancent :

— Pas le temps de t'expliquer, le jeune, ton père nous a donné un mandat spécial pour faire le tour de la ferme, on enquête sur un cas très particulier.

Le fils les regarde passer. Elles marchent en fait si lentement qu'elles sont les seules à imaginer la foule décoiffée sur leur passage.

— Fatiguez-vous pas trop mesdames. Si y a de quoi vous viendrez me voir, leur répond-il, courtois, en les voyant souffler et peiner.

La Grosse Germaine s'arrête net et se retourne vers lui. Elle ne souffle plus, elle renâcle :

— Me fatiguer, moé! Heille, le jeune, ça fait des années que c'est moé qui fatigue le monde. Je fatiguais le monde avant que tu soyes né, faqu'imagine-toé pas que j'vas me fatiguer avant toé icitte aujourd'hui!

Elle fait mine de le prendre par le collet mais se retient. Il faut dire qu'il fait deux têtes de plus qu'elle et qu'il n'y a pas de banc à sa disposition. S'il y en avait eu un, elle aurait grimpé pour lui parler dans le blanc des yeux. Mais elle en reste là et d'un signe de la tête fait signe à La Petite de la suivre.

— On va faire le tour d'la place, le jeune, fait-elle avant de se diriger vers le poulailler.

Mais leur enquête est de courte durée. Le terrain des Bourassa est vaste et les réserves d'énergie des deux dames diminuent exponentiellement de minute en minute. Tout à coup:

— Wouf, wouf, wouf!

— Germaine, entends-tu ça?

— Chus pas sourde, La P'tite, je l'entends comme tu l'entends.

— Woouf! Wooouf!

Les deux vieilles dames s'arrêtent net, l'oreille en l'air, la patte levée, l'air perplexe.

— D'où c'est que ça vient, La P'tite?

— J'peux pas te dire, j'ai pas mes appareils, j'entends pas d'où ça vient.

La Grosse Germaine soupire pendant que La Petite tourne la tête en tous sens.

— Bon, on va aller voir le jeune, si y a un chien sur son terrain, c'est lui qui est responsable de régler ça.

Elles retournent donc à l'avant du terrain et, en sueur, apostrophent le fils Bourassa :

— Heille le jeune ! Y a un chien sur ton terrain, tu le sais ça ? Pis les chiens, c'est interdit icitte.

— Bin oui, je le sais, mais c'est Le Père qui est allé en chercher un à Sainte-Rita. Le Maire lui a donné la permission parce qu'on a un renard qui mange toutes nos poules.

Les deux Germaine ont le souffle coupé.

— Ton père… ? Le Maire… ? Euh… huuuu… c'est tout ce que La Grosse Germaine peut ensuite articuler.

Sans mot dire, le caquet bas, elles s'en retournent vers leur perron adoré, La Grosse Germaine se jurant en son for intérieur que Le Maire vient de perdre sa prochaine élection.

Un curé dans un pick-up

JALBERT ET RÔTI sont les deux gars de char du village. Un gars de char, ça aime les chars. Ça aime comprendre les chars et surtout, ça aime parler de chars. Si possible à un autre gars de char, mais en l'absence d'un autre gars de char, il peut parler à un autre humain qui n'aime pas les chars, ou encore à un chien qui court après les chars ou un arbre qui n'aime pas trop les chars.

Après le départ de sa mère, Petite Marcelle a pris l'habitude d'aller écouter Jalbert et Rôti soliloquer. Parce que même si un gars de char parle de char devant un autre gars de char, ça ne veut pas vraiment dire qu'il s'adresse à lui. Bien souvent, un gars de char parle seul. Ainsi, ne voient-ils pas que Petite Marcelle a seulement besoin de compagnie et ils la prennent pour une future fille de char. Et ça, une fille de char, les gars de char, ça aime ça. Mais Petite Marcelle n'est pas une fille de char.

C'est juste une petite fille triste, mais qui ne pleure pas devant public. Pleurer, Petite Marcelle fait ça en privé. Quand elle y arrive, mais elle n'y arrive pas toujours. Des fois on se sent si triste et si petit que les larmes sont trop lourdes. Alors on se fâche, ou on se tait au lieu de pleurer. Petite Marcelle se tait puis écoute. Alors elle reste un moment, silencieuse spectatrice, puis poursuit sa route, généralement quand Jalbert se met à raconter pour une énième fois l'histoire du pick-up de son père.

— Ça, mon homme, mon père a acheté ça j'avais cinq ans, je m'en rappelle encore.

— J'me rappelle, le premier V8 du village.

— Oh ouais, oh ouais, on en a tiré des affaires avec c'te pick-up-là.

— Vous vous en étiez même servi pour déraciner le pin devant l'église.

— Ouais, ouais, ouais, ça tire en ta'.

Un soir, Jalbert et Rôti arrêtent de parler de char pendant deux minutes. Deux minutes, ce n'est pas long, sauf dans la vie d'un gars de char.

— Heille on n'a pas parlé pendant deux minutes. Pis j'ai imaginé un long freinage de deux minutes.

— Pas d'allure.

— Deux minutes, c'est long en ta'.

— Un long freinage de deux minutes, ça se peut?

— On va essayer voir, tchèque ta montre là, pis on imagine qu'on freine.

Silence.

Deux minutes passent.

⁓

C'est évidemment Jalbert et Rôti qui ont le mandat d'aller reconduire le curé quand il se décide à quitter le village. Jalbert n'est pas peu fier de s'acquitter de cette tâche dans le vieux F150 de son père. Rôti s'est assis à l'arrière, laissant la place d'honneur au curé. Aussi, il aime bien dormir en voiture, mais ne se le permet que sur la banquette arrière. Jalbert, quant à lui, offre un placotage soporifique à son ami et à l'homme de Dieu.

— Ça, mon Monsieur Le Curé, c'est être en Cadillac. Bin, manière de parler là. C'pas une Cadillac, c't'un Ford. Entéka, vous me comprenez.

— …

— C'pas grave, vous êtes un curé, un curé, ç'a pas besoin de connaître ça, ces affaires-là. De tous les curés que j'ai reconduits dans c'te camion-là, y en a pas un qui connaissait sa chance. Z'étaient tous comme vous, là, silencieux pis gênés.

— …

— Pis ça l'a d'la puissance là, faut pas croire que parce que y'é vieux qu'y performe pus, on pourrait clencher un mustang n'importe quand. R'gardez là, si y avait un mustang à côté de nous, on le dépasserait de même. Y a pas un mustang qui a une distance d'accélération comme nous.

— …

— Pis quand le diocèse va nous trouver un autre curé, un curé plus raisonnable, j'vas être honoré d'aller le chercher dans c'te même truck-là. Pas toutes les trucks qui peuvent charroyer un curé. C'te pick-up-là a charroyé tous les curés qui sont venus icitte, c'est un Saint pick-up ça, mon Monsieur Le Curé… Écoutez, un vieux Ram, le monde rirait de nous. Même pas pensable. J'vous l'dis, là, même les p'tits enfants sul bord de la route riraient de nous, christie! Vous êtes chanceux de rouler icitte avec moé à matin. Parce que pour ce qui est de faire rire de vous, m'a être bin honnête là, Monsieur Le Curé… bin on a déjà ri en masse de vous icitte.

Le camion suit tranquillement la route, le curé a très hâte d'arriver à destination, mais ne se fâche pas. Il fait partie de ces résignés qui en ont trop bavé pour encore savoir se fâcher.

— Franchement, c't'histoire d'hosties… y avait pas moyen de vous faire entendre raison. Triste de voir un homme de bon sens comme vous pas capable d'être raisonnable. De toute le village,

y avait juste vous qui compreniez pas. Vous trou-
viez pas ça un peu bizarre d'être le seul à pas
comprendre? Pis moi je vous dis ça du point de
vue du gars qui regarde ça de l'extérieur avec son
gros bon sens. Chus un gars de gros bon sens, pas
un enfant de messe.

Heureusement que le curé n'écoute plus Jalbert.
S'il l'écoutait, il commettrait un geste à lui faire
perdre son ciel. Jalbert radote.

— C'est parce que moi, là, je regardais ça de
l'extérieur un peu, parce que les affaires de Jésus
je laisse ça à ma mère, c'est des finasseries, moi chus
un gars de *rough*, faque je me demandais quand
même pour quoi c'est faire que vous compreniez
rien. Je vous pose la question bin honnêtement là,
aviez-vous un retard quand vous étiez jeune? Parce
que p'tête que le problème est là? Messemble que
ç'a pas d'allure de pas comprendre de même. Vous
devriez p'tête demander à votre mère, elle s'en
souviendrait si vous aviez eu un retard. Les mères,
ça se rappelle de ces choses-là. Vous avez p'tête
manqué d'air à la naissance…

De son côté, sautillant au rythme des cahots
sur le siège du passager, le curé essaye de se remé-
morer les événements qui demeurent un peu
confus dans sa mémoire. Il ne comprend toujours
pas comment ils en sont arrivés là. Mais il sait aussi

que c'est souvent le cas à Rivière-Longue. On ne sait jamais trop comment on a fait pour arriver au point où l'on est… On monte souvent en épingle des situations bien inoffensives.

Il se souvient d'un matin après la messe où il discute avec les villageois. Il se souvient de La Grosse Germaine qui vient vers lui et demande :

— Les hosties, Monsieur Le Curé, sont fabriquées où ?

— Les hosties ? répond-il, surpris en se penchant vers elle.

— Bin oui, les hosties qu'on mange à la communion, martèle sèchement la Germaine, un pied plus bas.

— Si je me souviens bien, ce sont des moines du Saguenay qui les confectionnent, répond le curé conscient de tomber dans un piège.

— Des hosties du Saguenay ? On mange des hosties du Saguenay ! Heille là, vous ! Êtes-vous en train de me dire que le corps du Christ parcourt des centaines de kilomètres avant d'arriver dans ma bouche ? Messemble qu'on aurait ce qu'y faut à Rivière-Longue pour fabriquer nos propres hosties. Pas de raison, pas de raison pantoute que ce soit des étranges du Saguenay qui fabriquent ça.

Germaine se tait, plus essoufflée qu'outrée. Elle n'est pas très en forme pour se lancer dans de telles montées.

— Mais Madame Germaine, nous n'avons simplement pas les installations pour fabriquer ce produit et de plus ce sont les communautés religieuses qui se chargent de cela.

Germaine s'insurge alors et le rouge lui monte aux joues et au cou qu'elle a bien gras, elle est dans une sainte colère.

— Quoi? Je ne suis pas sûre de comprendre, communautés religieuses, communautés religieuses… Comment ça? Vous êtes vraiment meilleurs que tout le monde, c'est ça? Nous on serait pas assez pieux pour toucher de la sainte farine? Nous autres à Rivière-Longue, Monsieur Le Curé, vous saurez qu'on est reconnus pour être les plus pieux de la région. Les plus pieux, vous m'entendez? Alors je ne vois pas pourquoi le bon Dieu nous empêcherait de fabriquer nos propres hosties. Ça me fâche. Ça me fâche et ça m'insulte. En mon nom et au nom de tous les villageois de Rivière-Longue que vous insultez en refusant leurs hosties!

— Mais vous ne fabriquez pas d'hosties, je n'ai rien refusé!

— Si vous nous les achetiez, on pourrait en faire!

— Mais je ne peux pas vous les acheter, vous n'en fabriquez pas!

— Laissez faire le "on fabrique pas d'hosties"! Vous nous empêchez d'en fabriquer avec votre refus de nous les acheter. Vous avez détruit une économie locale! Vous nous enlevez le pain de la bouche, Monsieur Le Curé, c'est pas chrétien, ça, c'est pas chrétien pantoute! Vous devriez avoir honte!

Et sur ces dernières paroles, que tous les villageois massés sur le parvis ont entendues, la Germaine s'en va chez elle, triomphante. Le pauvre curé, déboussolé, voit la rumeur soulever la foule comme une vague.

— Heille, y paraît que Monsieur Le Curé, il nous oblige à être pauvres. – Il refuse nos hosties. – Une chance que la Germaine est là pour nous défendre, j'aurais jamais pensé à ça, moi! – C'est un scandale, un vrai scandale. – … Détruire une économie locale. – Un seul homme qui a tout ce pouvoir-là! – Je le trouvais jeune, aussi, pour faire curé. – Un boit-sans-soif de pouvoir, c'est clair. – Moi je l'ai vu dès le début. Je le savais, que ces hosties-là nous faisaient du tort, tu sauras que je les ai jamais avalées. Je les recrache toujours pis je les colle entre les pages du Nouveau Testament dans le banc. – Pas un boit-sans-soif, un assoiffé.

– Le Saguenay, c'est plus loin que les États. J'ai un cousin qui est allé là, un jour, y'é jamais revenu pis y a pus jamais donné de nouvelles. – C'est toi ça, les hosties collées dans le livre, j'pensais que c'était un enfant. – La Germaine a toujours eu du flair. C'est elle qui nous avait fait voir le scandale de la brique du bureau de poste. – Non non, boit-sans-soif, je sais ce que je dis. – Hey c'est p'tête bin mon cousin qui fait les hosties. – Oui Monsieur, jamais avalé une. – L'hostie, là, on dit le corps du Christ, mais c'est pas de la viande messemble…? Non?

Au milieu du brouhaha, le curé se tait. Étourdi. Ne comprenant pas ce qui s'est passé. Pourtant, il sait que c'est un peu sa faute, que celui qui décide qu'il va répondre à La Grosse Germaine va en découdre… Le curé est effectivement décousu.

~

Décousu sur le siège du pick-up à Jalbert. En vérité, il en a assez de Rivière-Longue. Avec la fuite d'Aline, il comprend que la seule manière de partir de là est la fuite. Il ne se sent même pas coupable de les laisser là, sans berger pour les guider. Il se rappelle toutes les guerres qu'il a dû mener au fil des dix ans qu'il y a été curé et il soupire. L'histoire des vitraux trop colorés, la température trop élevée l'hiver, la crèche avec deux bœufs, le scandale des quatre Rois mages, le banc d'en arrière qui craque, l'eau bénite trop froide…

En vérité, le curé laisse Jalbert jacasser de la sorte parce qu'il est tout à son bonheur d'enfin partir de là.

— Pardonnez-moi mon père parce que j'ai péché.

— Qu'est que c'est que vous dites-là? répond Jalbert.

— Rien, rien, je réfléchissais, ment le curé.

— Ah! À mon affaire de vous être fait échapper par terre quand vous étiez p'tit? C'est ça! Bin écoutez, je me disais que…

Jalbert et le curé poursuivent leur route séparément, même si côte à côte. Il n'y a plus jamais eu de curé à Rivière-Longue et Rôti s'est toujours souvenu de la sieste qu'il avait faite ce jour-là.

Parce qu'il est difficile de s'arrêter

ROLAND EST APPARU un matin, au moment où la lune et le soleil se partagent le ciel. Une aurore gris-vert, quatre ans après la disparition d'Aline. Il avait croisé Martin qui dénouait son filet, Marcelle qui feuilletait un jeu de cartes bourré d'humidité et Simone, trois ans, qui courait de long en large de la plage avec une taie d'oreiller qu'elle tenait ouverte au bout de ses bras. Petit navire hilare et titubant.

Roland conduisait son vieux pick-up rouge rouillé. Grand homme sombre comme une forêt et barbu comme un ours. Les yeux noirs, pas de pupilles. Roland regardait droit devant et ne s'est arrêté qu'une fois rendu à la seule maison du village qui semblait abandonnée. Ce serait là sa nouvelle demeure. Grande maison vide au bout du Boulevard. Il sentait que personne ne l'empêcherait d'y habiter. Qu'ils s'essayent.

Il s'appelle Roland. Au jour d'aujourd'hui, voilà à peu près tout ce dont il se souvient. Pour lui, c'est déjà beaucoup. Il a décidé de s'établir dans La Maison Seule au bout du cul-de-sac du Boulevard, à droite de l'église. Il y a déjà un an de cela. Depuis, il la retape de fond en comble avec Mario, le fou de la localité. Les habitants de Rivière-Longue voient cette équipée d'un bien mauvais œil. Ils ont peur de Roland. Roland le sombre, Roland le décidé. Roland ose même acheter des clous au village voisin quand Gus n'en a plus. Et surtout, Roland reconnaît l'existence de Mario, Mario qui parle sans arrêt. Roland le trouve bien sympathique car lui, il ne parle plus. Il a tout laissé derrière, en ville. Ses paroles aussi. De là où il vient. Là où il n'ira plus jamais.

Il arrive vêtu d'un habit très vieux qu'il avait déjà mieux rempli, à sa main un grand carton d'architecte, sous son bras un sac de plastique malmené par la vie. Il entre au village sans rendre aucun des regards hostiles qu'on lui lance. Tous les habitants, soudainement pris d'une rage féroce de jardiner, étaient sortis dans le petit matin, faisant mine de regarder ailleurs, l'air offensé, trônant dans leur jardin en pyjama et peignoir, un râteau à la main. Ils jaugent l'intrus. De pied en cap. Aucun détail ne leur échappe.

— Son lacet droit est plus court que le lacet gauche, c't'un communiste. – Sa poche de veston est déchirée, on dirait qu'il l'a déchirée en se battant. – Je l'ai vu, cet oiseau-là, hier, je pensais que c'était une perdrix! – Deux plombages aux molaires de droite et barbe de six jours, c'est clair qu'il cherche le trouble. – Six pieds deux pouces, deux cheveux gris, quel âge il peut bin avoir? – Y a un oiseau qui le suit. Sûrement un oiseau de malheur. – Y a un carton à grands dessins, là, ceux que les savants fous y traînent dans les vues. – Sérieux, je pense que c'est une perdrix. – C'est peut-être pas un savant, mais y a l'air fou certain!

Suivi de quatre cents yeux et sans se retourner, Roland se dirige tout droit vers La Maison Seule, qui est en effet la seule maison vide de tout le village. D'un énorme coup de pied, lent et précis, il défonce la porte principale et s'efface à l'intérieur de la chaumière. Un oiseau gris s'engouffre derrière lui. On ne sait que faire et comme on a déjà jugé, on laisse donc faire.

Dans les semaines qui suivent, Roland fait grimper le chiffre d'affaires de la quincaillerie. Gus, trop heureux de cette clientèle sérieuse, ne souhaite plus le voir quitter le village. Roland reconstruit La Maison Seule jusqu'à très tard dans la nuit. Avec les semaines, les habitants de Rivière-Longue se font à l'idée d'un nouvel habitant. Tout comme eux, il ne prononce pas une parole et il ne semble pas vouloir partir. Sans cette étrange urgence de rebâtir La Maison Seule et cette manie de se laisser pousser les cheveux, on l'aurait quasiment trouvé respectable. Mais bon, on persiste à le trouver étrange, on en a même peur. Jusqu'aux Germaine qui n'osent pas mener l'enquête sur lui.

Un an plus tard, ce qu'on trouve le plus bizarre est que la maison de Roland reste vide. Plutôt que de la meubler, il a entrepris d'en construire une nouvelle partie, jouxtant l'ancienne. On dirait qu'il attend le prochain égaré du Bas-du-Fleuve. Mais Roland n'attend en réalité qu'une seule personne depuis qu'il est enfant. Il attend sa maman. Qui elle aussi est partie, une nuit de printemps. Elle n'est jamais revenue, mais Roland attend toujours, trente-six ans plus tard. Pour passer le temps, il bâtit, il construit, mais n'habite jamais ses créations.

Roland n'a jamais eu de maison. La Maison Seule n'est pour lui qu'un lieu de passage.

Roland prend ses travaux très au sérieux, ne lésine pas sur la qualité des matériaux, ni ne s'arrête devant une dépense coûteuse. Selon Mario, jusqu'ici, il leur avait fallu 27 953 clous. Il les a comptés. Il leur a aussi fallu 2 549 biscuits de Madeleine. Ça, c'est Roland qui en garde le compte. Tous les matins, Madeleine vient leur porter un panier de biscuits chauds et dodus. Elle est la propriétaire et unique employée de la boulangerie. Sept jours semaine à 6 h 14, dès que les biscuits sortent du four, elle les laisse refroidir un moment avant de filer jusqu'au chantier de Roland. S'il fait chaud, Madeleine prend son temps, s'il fait froid, elle file de toutes ses forces. Les matins d'été, elle siffle au rythme de son pas léger et, les matins d'hiver, elle glisse sur la neige avec ses raquettes sans prendre le temps de respirer. Les biscuits doivent être chauds quand Roland saisira le panier.

Elle n'a jamais osé lui dire bonjour. Mais elle l'a regardé dans les yeux. Trois fois. Au village on ne connaît pas le manège de Madeleine. On n'ouvre jamais les volets avant sept heures. Les effluves de biscuits ne paraissent pas suspects aux narines ensommeillées. Pour Roland, les biscuits de Madeleine ne sont jamais ordinaires. Même après

369 jours. Il les a comptés. C'est le seul décompte que Mario n'a pas besoin de faire pour son ami.

Mario et Roland en gardent toujours quelques miettes pour Poilu, l'affreux volatile hirsute au plumage si dense qu'il donne l'illusion d'un pelage fourni. L'oiseau ne quitte jamais Roland d'une semelle depuis le jour où il a mis le pied à Rivière-Longue. C'est Mario qui l'a nommé Poilu. Ce qui satisfait Roland. Les villageois n'aiment pas Poilu. Un oiseau avec des poils. Absurde.

Poilu a fait le tour du monde avant d'arriver à Rivière-Longue. C'est son instinct qui l'a poussé jusqu'ici, il savait que Roland viendrait et l'attendait. Il a été difficile pour Poilu de survivre. Le Maire voulait le rôtir ; Placide, le fumer ; Gus voulait l'empailler et Mignonne espérait qu'il s'électrocute. Contre toute attente, petit Poilu a survécu jusqu'à l'arrivée de Roland et maintenant l'étrange bête suit son étrange maître.

Les jours favoris de Roland sont les jours de pluie. Les jours de pluie Madeleine porte son ciré jaune qui bat la cadence sur ses mollets. Lorsqu'il pleut, Madeleine surgit toujours plus tôt que les autres jours. Pour que les biscuits restent au sec, elle dépose son chapeau ciré sur le panier. Ça lui donne une raison de sortir nu-tête sous la pluie. Quand elle était petite, sa mère ne la laissait jamais sortir lorsqu'il pleuvait. Adulte, elle s'en donne à cœur joie, ça sent tellement bon, des cheveux lavés par la pluie. Quelquefois elle oublie de reprendre le chapeau. Ces jours-là, Roland va à la boulangerie pour lui redonner. L'on n'entend jamais Roland se plaindre de la pluie, Madeleine non plus, d'ailleurs.

Pour Roland et Mario les jours s'écoulent ainsi bien paisiblement. Chacun s'accommode des vices et des manies de l'autre. Roland accepte tacitement la présence constante de Mario qui n'a pas de toit et qui a décidé que la maison de Roland est aussi la sienne. Dormant sous les arbres ou sur la plage, prenant abri sous la barque de Martin ou se cachant dans un sous-sol l'hiver venu, Mario n'avait jamais dit à personne qu'il n'avait pas de maison. Personne ne s'en était jamais soucié. À Rivière-Longue, on ne se pose pas de question.

Roland, quant à lui, est un inconscient bienfaiteur et ne s'est, lui non plus, jamais posé de question sur la présence de Mario dans La Maison Seule. La première nuit, Mario avait prétexté que Poilu avait peur du noir et que l'oiseau lui avait discrètement demandé de rester pour la nuit.

— Je te le dis, mon Roland, il a peur du noir. C'est un oiseau sensible, faut le comprendre.

Et pour l'autre nuit, la même histoire, et l'autre nuit...

— Il m'a encore demandé de rester, mais il est gêné de te le dire à toi...

Une excellente explication aux yeux de Roland qui n'en demandait pas plus. Rien n'est plus légitime que de vouloir rendre un oiseau heureux. Un oiseau heureux, ça chante.

Il faut aussi dire que Mario sait faire un excellent café, ce dont Roland est incapable, il ne sait faire qu'un épais goudron ou un faible bouillon. En plus, les crêpes de Mario sont aussi exquises que celles de Roland sont immangeables. Et sa technique pour les gorger de sirop est imbattable. Une série de trous savamment disposés permettent au sirop d'érable d'irriguer toute la pile d'étages imbibés.

L'association des deux hommes est aussi fructueuse sur le chantier qu'à la maison. Mario peut compter d'un seul coup d'œil une montagne de clous ou une flaque de boulons. Il a mémorisé le nombre de vis nécessaires pour fixer un panneau de gypse, par exemple, et comme avec quelques équations de son cru il peut dénombrer avec exactitude l'inventaire de quincaillerie, Roland sait ce qu'il doit acheter. Ce qui convient à Roland qui ne sait pas compter. Du moins, pas comme Mario sait le faire. Aujourd'hui, Mario et ses équations compliquées meublent le silence de Roland entre les coups de marteau et les frottements de la brise contre le fleuve.

Quelquefois, tous deux se mettent à penser que la vie est bien bonne.

Mais ne se le partagent pas.

Partager le bonheur, c'est difficile quand on n'y croit pas.

Marcelle

LES JOURS DE PLUIE amènent Marcelle sur le chantier. Une jeune fille maussade, sans manières, qui marche en fonçant tête baissée. On la croirait élevée par un taureau. Elle déteste le soleil, le jour, le jaune et son prénom. Elle aime sa mère, Aline, même si elle est partie. Elle aime la pluie, Poilu et Roland. Les jours de pluie, Marcelle sort prendre l'air, mais elle ne porte pas de ciré jaune et encore moins un chapeau comme en porte le panier de Madeleine. Elle s'habille d'un immense tricot noir à lourdes mailles, adapté à son humeur plus qu'à la météo. Il y a bien longtemps qu'elle le porte, il a grandi avec elle, elle croit qu'il est né sur son dos. Mais en fait il appartenait à Aline. C'est la mère de Son qui lui avait tricoté avant qu'elle ne meure. Sous la pluie, plus la journée avance, plus le tricot s'allonge. Quelquefois Marcelle doit le retirer pour le tordre, mais plus souvent qu'autrement elle le laisse pendre. Ses longs cheveux blonds se répandent sur ses épaules en une masse de mèches et de nœuds trempés, parfaitement agencés au tricot.

Marcelle adore cogner sur des clous. Les jours de pluie, c'est ce qu'elle fait. Avec Roland. On n'entend jamais Marcelle se plaindre de la pluie. On n'entend jamais Roland se plaindre de Marcelle. Lorsqu'il regarde la petite fille, il se souvient de l'enfant qu'il a été. Sa mère à lui aussi est partie un jour, sans dire où elle allait, et elle n'est jamais revenue. Il se remémore la perte, le deuil, toutes les questions… et lorsqu'il regarde la moue triste de Marcelle, il semble voir s'y superposer la sienne, lorsqu'il avait le même âge. Il se répète toujours cette même histoire. C'est ce qui arrive avec les malheurs qu'on n'a pas digérés, on les rote longtemps sans pouvoir s'en empêcher.

Même si Marcelle a un père, Son, lui, n'a pas de fille. Il est écrivain. Il écrit et il se regarde écrire. Il écrit des essais sur la société et la politique qu'il blâme de tous ses maux et des maux il en a plein. Il ne sait pas trop qui est Marcelle. Marcelle qui habite avec lui depuis neuf ans. Ce qui fait que depuis le départ de sa mère, Marcelle flâne, elle flâne dans la maison quand son père est sobre et au village lorsqu'il est ivre, autrement il ne la laisse pas quitter le domicile. Elle ne va pas à l'école. Son fait semblant de ne pas savoir qu'elle fait l'école buissonnière. De toute façon, il n'y a pas d'école à Rivière-Longue, il faudrait amener Marcelle à Sainte-Rita et Son n'a pas de voiture. S'il avait une voiture il devrait amener Marcelle à l'école. Et Son, il est contre les institutions.

Il réécrit sans arrêt son premier essai sans jamais être satisfait. Il y travaille depuis longtemps. Marcelle et Son ne se parlent pas. Son n'a jamais dit à Marcelle qu'elle a une maman. Mais Marcelle le sait. Marcelle n'a pas oublié. Son, lui, a oublié Aline. Un jour elle est partie, de ça il se souvient, et il sait pourquoi, mais a décidé d'oublier. Même si tout le monde est au courant, on n'en parle pas. C'est tout. Elle est partie. Loin. On ne sait pas où. Ou alors elle s'est jetée dans le fleuve… Mais on ne dit rien d'elle. À Rivière-Longue, on ne parle jamais des absents. Aline n'a jamais existé à Rivière-Longue.

Pourtant Aline existe toujours. Elle envoie des lettres au village. Souvent. Des lettres sans adresse de retour. Pour sa fille. Marcelle – Rivière-Longue, Poste restante – Québec, Canada. Aline envoie des lettres pour Marcelle depuis cinq ans. Depuis le jour où elle a disparu. Mais Marcelle à neuf ans ne sait toujours pas lire le moindre mot.

Agnan-l'employé-des-Postes a plus de 578 lettres pour Marcelle-Poste-restante. Il ne lui a jamais dit. Il n'en a pas envie et ça dépasse le cadre de ses fonctions. Elle ne sait pas lire. Pourquoi lui donner des lettres? Et il faudrait sûrement passer par Son. Et personne ne veut passer par là. Personne.

Aujourd'hui, Agnan-l'employé-des-Postes en a assez de toutes ces enveloppes, il en a reçu une de trop. Il a déposé le carton de la poste restante sur le bord de la route. Cinq cent soixante-dix-neuf lettres dans une boîte sur le bord du Boulevard. Cinq cent soixante-dix-neuf lettres sous la pluie.

Quelques instants plus tard, à la levée du soir, Roland passe pour rapporter son chapeau à Madeleine. Suivi par Poilu. Comme toujours, Roland passe devant la poste. Il s'y arrête pour attacher son lacet. Son lacet est toujours dénoué à cet endroit. Les lacets sont des petites bêtes d'habitudes qui se dénouent toujours au même moment, c'est bien connu. Poilu aperçoit la boîte. Il est intrigué et se perche sur le rebord de cette boîte que Roland, lui, n'a pas vue. Avec le temps, Roland ne fait plus attention à Poilu qui ne le quitte jamais. Roland reprend donc sa marche. Mais Poilu ne le suit pas. Pour la première fois.

Poilu attend. Attend que Roland se retourne. Trii, trii! Au bout d'un moment, Roland fait volte-face et aperçoit l'oiseau. Trii, trii!

D'ordinaire, Poilu ne s'arrête jamais. Il a trop peur que Roland l'oublie. Mais là, Poilu s'est arrêté. Roland le regarde, cent pas plus loin. Il s'ennuie déjà de Poilu. C'est si loin cent pas. Trii, trii! D'ordinaire, Poilu ne crie jamais. Il chante, il roucoule, il murmure, il pigeonne, il brode. Mais aujourd'hui, perché sur sa boîte, Poilu… Triiiiiiiii!

— Qu'est-ce que tu fais là, l'oiseau? Amène-toi. Awèye!

— Trii, trii! fait l'oiseau qui ne bouge pas et maintient son siège.

— Correct, correct, j'ai compris mon pit.

Roland abdique devant tant d'insistance. Un oiseau, ça n'insiste pas souvent. Il revient donc sur ses pas et s'approche de la boîte sans regarder ce qu'il y a dedans. Poilu ne bouge pas.

— Bon, bin… pourquoi pas, admet Roland.

Hop! La boîte sur l'épaule et Poilu dans la boîte, Roland poursuit son chemin. Poilu est content que Roland ait compris. Sa tête dépasse de la boîte. Sa petite tête de Poilu qui rebondit au rythme des pas de son ami Roland. Roland comprend si souvent.

En sens inverse, Marcelle court sur la rue principale. Elle court toujours le mercredi soir. Elle ne voit pas Roland, qu'elle croise pourtant. Elle salue toujours Roland... sauf le mercredi soir. Car elle a faim et va attendre Martin le pêcheur du village. Martin, c'est un géant, un géant blond qui mesure des tas de mètres, en long comme en large. Personne ne les a comptés, pas même Mario. Martin donne son souper du mercredi à Marcelle depuis toujours. Même avant. Avant qu'Aline ne s'en aille. Quand elle était petite, il lui gardait les petits poissons. Maintenant, il lui réserve des poissons plus gros. Elle se souvient confusément d'une journée d'automne où sa mère et elle avaient fait une longue balade avec Martin après le souper. Aline accompagnait Marcelle quelquefois. Les seuls moments où la petite fille voyait sa mère sortir de la maison. Seuls moments où elle souriait. Quand Son était de mauvaise humeur, Aline faisait sortir Marcelle en douce, lui disant d'aller chez Martin. Elle, restait à la maison.

Et aujourd'hui, Le Grand Martin est toujours là. Comme Son ne sait pas qu'un enfant doit manger, heureusement qu'il y a Martin. Martin, sa vieille barque bleue et son chalutier. Martin et ses tas de mètres, Martin et ses grandes mains chaudes. Martin et le souvenir de la promenade.

Quelquefois, Marcelle joue à l'hôtesse et invite Martin bien que ce soit son propre logis. Elle sort la nappe de dentelle anglaise. Elle choisit les assiettes les moins ébréchées et elle les pose sur ce tissu autrefois blanc. Pour elle, elle choisit toujours son petit verre en poterie bleue et pour Le Grand Martin, elle dépose fièrement le grand broc et elle sort le petit verre ciselé pour Aline. Au cas où elle reviendrait. Car si elle revenait, ce serait sûrement un mercredi soir. Pour Marcelle, tout est possible les mercredis soirs, c'est son Noël à elle.

Ils mangent toujours en silence. Martin a peur de parler d'Aline sans faire exprès et Marcelle ne sait pas engager une conversation. Elle sait que Martin a peur, mais ne sait pas de quoi. Ce soir, peut-être que Martin jouera de l'harmonica, ce sont les plus belles soirées. Marcelle ouvre toujours la fenêtre pour la musique de Martin. Il est si grand, Martin. Et c'est si grand, la musique. Marcelle aime la musique, pas besoin de savoir la lire. Marcelle peut lire Martin. Mais pas les livres. Ça tombe bien, Marcelle n'aime pas les livres, elle préfère Martin.

Les lettres

Ce MERCREDI-LÀ, quant à lui, Roland oublie de souper, oublie de dormir. Il reste assis. Devant le feu dans le salon, seule pièce un peu aménagée de toute la maison. Assis par terre. Avec Poilu qui est couché en poule et somnole sur un coussin mauve tout pourri. En arrivant à la maison, Roland a enfin pris conscience de la boîte de Poilu. Il l'a vidée par terre, il a enseveli le tapis et ses jambes de tout le papier qu'elle contenait, une marée montante. Le coussin de petit Poilu voguait sur cette mer de lettres jaunies et détrempées. Des lettres tristes. Jamais lues. Poilu veut que Roland lui fasse la lecture. Roland a compris, Poilu est content. Poilu ne sait pas lire mais il aime tant les lettres. Il aurait voulu être Poilu-voyageur. Mais il ne peut pas. Car Roland s'ennuie si vite et les voyages, c'est si loin. Et Roland est si petit. Plus petit que Poilu. Mais ça ne se voit pas. Pas à l'œil nu.

Au matin, Roland est épuisé. Il a ouvert les cinq cent soixante-dix-neuf lettres et les a lues, jusqu'à la dernière miette. Toute la nuit, Roland avait lu et relu les pages noircies de l'écriture ronde et tendre, à la main parfois fébrile. Parvenu au dernier mot, Roland avait pris une décision : il construira une maison pour Aline, ce sera pour elle, la petite maison collée sur La Maison Seule. Et elle reviendra. C'est une certitude. On revient toujours quand on a un chez-soi. Ce sera une maison avec de longs couloirs. Longs comme des boulevards. Il sait qu'elle est à la grande ville car ses lettres portent un étrange parfum. Il le reconnaît. Et cela l'amène bien loin de Rivière-Longue, le ramène loin en arrière. Aujourd'hui, Roland n'est plus le même et si Aline revenait, ils pourraient parler des mères qui s'en vont. Elle comprendrait. Peut-être. Lui, il la comprenait déjà.

Les braises du foyer presque fondues, Roland se sent renaître. Aujourd'hui c'est jeudi. Le jeudi Mario va en mer avec Martin. Roland sera seul. Il pourra penser. Il pourra dessiner la maison qu'ils commenceront à bâtir dès demain. Il détruira ce qu'il a commencé pour mieux recommencer. Il est déjà à demain car demain il y a Aline. Roland préfère demain. Aline reviendra. Ils reliront les lettres. Ensemble, avec Marcelle et Poilu.

Une journée en mer

L E GRAND MARTIN ne comprend pas Mario. Mario qui n'a pas le pied marin, mais qui tient à pêcher une fois par semaine. Il faut qu'il enfile deux gilets de sauvetage et apporte sa bouée avec une corde de cinquante pieds. Tout ça pour avoir le bonheur de dire qu'il va en mer, avec une immense fierté. Il adore aller en mer avec Le Grand. C'est dans ces temps-là qu'il devient le maître du monde, un homme, grand et fort comme son père.

La dynamique est un peu la même qu'avec Roland... Mario dit tant de choses, Martin parle si peu. Mario parle quand il fait soleil, parle quand il pleut. Quand il ne sait plus quoi dire, il reste Montaigne. Montaigne ou le bruit du vent que Mario aime réciter tout autant l'un que l'autre. Mario ne sait pas qui est Montaigne. Ne sait plus.

Il a trouvé quelques pages qui flottaient sur l'eau, un jour qu'il était en mer avec Le Grand. Les pages collées sur la coque du chalutier attirent son œil. L'embarcation tangue et les pages s'agrippent à ses parois. Mario les recueille avec difficulté à cause de l'épaisseur des deux gilets de sauvetage. D'instinct il les décolle une à une. « Toi ? Ici ? Voyons, bonhomme, qu'est-ce qui t'est arrivé ? » Les caressant une à une, avec précaution. « On va faire attention pour pas te déchirer, t'es tout mouillé. » De retour chez lui il les sèche délicatement. « Mets-toi pas trop près du feu, là, je le sais que t'as froid. » Il en contemple les écritures, fixe du regard ce petit mot en tête de chaque page. Essais. Essais. Essais… Ça résonne en écho. Loin, loin. « T'as pas changé, toujours le même. » Il sourit doucement. On ne saurait dire qui est le plus chaud des deux, le feu ou le sourire de Mario. « Mon pauvre chum, ça fait combien de temps déjà ? »

Avant ce paquet de vieilles pages gondolées, Mario ne discutait pas. Il était comme les autres habitants du village. Mais ses fameuses pages lui avaient offert tout ce qu'il prétendait maintenant savoir sur l'art de la conversation. Ces pages qu'il avait rescapées puis mémorisées en entier parce qu'elles lui rappelaient quelque chose. Comme une autre vie. Il les gardait toujours sur lui. Comme le curé traîne sa Bible. Comme Le Père Bourassa traîne son almanach. Comme Roland traîne ses plans. Même si on rit de lui, il s'en fout. Mario n'a jamais sauvé personne, sauf Montaigne qu'il a sauvé de cette noyade certaine. Il voudrait rencontrer Montaigne. Pour lui raconter le sauvetage. Aller lui rendre visite. Faire la conversation. Partager. Des mots. Des silences. Des heures. Et lui demander : « Te souviens-tu du temps où on était amis ? J'ai pas voulu t'abandonner, c'est juste que y avait pus de place dans ma tête. » Il a demandé à tous les habitants : « Vous connaissez Montaigne ? » Mais de ceux qui ont daigné lui répondre, personne ne connaît le nouvel ami de Mario. Personne ne sait qui est Michel de Montaigne. Et Mario, ça le soulage presque.

Roland, lui, sait que le livre qui a contenu les pages de Mario a appartenu à Aline, elle en parle dans ses lettres. Comment le livre s'était retrouvé en mer, ça, par contre, il ne sait pas. Et c'est pour ça qu'il n'en a rien dit à Mario. Ce petit bout d'incertitude coincé dans sa gorge. Ça l'empêche de dire tellement de choses.

Un matin il a fait un effort. Sans dire à Mario que le livre était à Aline, Roland lui a tout de même dit qui c'est, Montaigne, comme Aline l'explique à Marcelle dans ses lettres. «Toujours, Marcelle, pose-toi des questions. N'arrête jamais de te poser des questions et d'aller vers l'autre.» C'est le plus beau cadeau qu'il pouvait faire à Mario, un bout de conversation sur la philosophie. Roland qui était de passage. Roland qui est resté. Roland qui croit lui faire découvrir Montaigne. À Mario qui l'a déjà trop bien connu. Dans cette autre vie. En quelque sorte. Aujourd'hui Mario réinterprète Montaigne et les 8 765 mots qu'il porte sur lui. Sans désirer rien de plus.

C'est pour ça que dès qu'il s'arrête de compter, Mario récite Montaigne. Que ce soit sur le chantier ou dans la barque avec Martin. Mario est trop mal à l'aise dans l'intimité du silence. Il semble à ses interlocuteurs qu'il ne comprend pas vraiment ce qu'il dit. C'est parfait, aux yeux des autres, Mario ne veut pas paraître trop savant. Il sait déjà compter. C'est suffisant. Martin, lui, ça lui rappelle Aline. Mais il ne le dira jamais à Mario.

Ce jeudi de pêche est un jeudi comme les autres. Avec Mario, Martin et Montaigne qui vont en mer.

Et le jeudi, c'est le jour où les garçons ont un petit public qui vient observer leurs ébats maritimes. Les filles : Simone, Gitane et la chatte Verlaine.

Simone, à trois ans, est l'égale de Mario. Elle parle autant. Si quelqu'un prenait la peine de l'écouter un peu, on réaliserait qu'elle a toutefois bien plus de vocabulaire que Mario, même aidé par Montaigne. Personne ne sait d'où elle sort, Simone. Son babillage raffiné insupporte tout le monde sauf Gitane avec qui elle habite. Gitane est l'avocate du village. Comme Rivière-Longue est un bien petit village et qu'il y a bien peu de litiges à y régler, Gitane est devenue mère adoptive comme deuxième carrière. Elle a beaucoup de temps libre et Verlaine passe la chercher chaque jour pour une longue balade au grand air. On a vu bien des chats suivre des humains mais c'est la première fois que l'on voit quelqu'un suivre un chat.

Verlaine, c'est le seul chat du village. Même sur la ferme à Bourrassa il n'y en a pas. Ce qui fait qu'il y a bien des rats. C'est pourquoi elle habite avec Gitane et Simone. Personne n'oserait faire de mal au chat d'une avocate. Elle connaît le Code civil et le Code civil, ça fait peur.

Simone, elle, a aussi des occupations de grande importance. Sa principale activité consiste à trier des coquillages qu'elle amasse sur le rivage.

Jusqu'ici elle en a déjà trois barils qu'elle a classés dans un ordre qu'elle seule connaît. Elle ne s'accorde qu'une seule journée de congé et c'est le jeudi. Un jour, elle va les mettre dans des petits sachets et les donner aux touristes. Il y aura des touristes à Rivière-Longue un jour.

Donc en ce beau jeudi, Verlaine est passée prendre les filles tôt le matin, après sa petite chasse matinale, et toutes trois sont maintenant alignées sur la plage à regarder les hommes pêcher. Ou plutôt tenter de pêcher car il faut dire qu'avec tout le bruit que fait Mario, il n'y a plus un seul poisson dans le coin. Simone, voyant filer son souper, hurle en détachant chaque syllabe : « Tais-toi Mario ! Tu effraies les poissons ! » Le Grand Martin lui en est bien reconnaissant. Il adresse un sourire gêné à Mario qui, courroucé, a déjà calé la tête dans l'encolure de son double gilet encombrant et s'est tu.

Comme le temps est frais malgré le soleil, Simone porte un petit tricot orangé ourlé d'un fil jaune et sur ses cheveux roux un immense chapeau de paille qu'elle doit sans cesse redresser. Gitane porte une vieille veste à carreaux rouges et noirs sur un pantalon de *corduroy* bleu trop grand pour elle. Ses cheveux noirs ne sont pas coiffés et bouclent en tous sens. Elle a apporté un parapluie pour faire un peu d'ombre à Verlaine. Verlaine adore s'asseoir sous un parapluie. Verlaine, c'est une drôle de chatte. Elles passent souvent leurs jeudis ainsi, dans la plus grande tranquillité. Les doigts de pieds dans le sable quand il est chaud. Auprès d'un feu quand il fait plus froid.

Simone sort de sa petite trousse un sachet de crayons de couleur et de petits cartons. Elle dessine des paysages grandioses sur ces cartes minuscules. Plus tard, il y aura des gens qui viendront de loin. Elle donnera à chacun une carte postale de sa main avec un coquillage en souvenir. Un jour il y aura foule à Rivière-Longue. Simone en est convaincue et elle sera prête.

Gitane s'applique à flatter Verlaine tache par tache. Verlaine, vêtue de blanc et de noir, préfère que l'on flatte ses taches blanches, puis les noires en terminant par les pattes et le triangle ombragé qu'elle porte entre ses deux yeux. Gitane le sait bien et Verlaine lui montre sa reconnaissance, s'étirant en un arc parfait. Au village on ne veut pas de Verlaine, on la chasse à coups de balai ou pire encore. Elle s'est réfugiée chez Gitane par une nuit d'hiver de moins quarante degrés Celsius. Gitane, loin d'épouser les idées des villageois, l'a fait entrer aussitôt et lui a fait une place permanente dans le grand lit qu'elle occupe avec Simone. Pour Gitane et Simone, Verlaine fait partie de la famille.

Vraiment, c'était un jeudi comme les autres et personne ne se plaignait de cette douillette monotonie.

⌒

Le soir venu, Martin et Mario accostent et remercient leur public attentif avec quelques poissons. Ledit public ne rate jamais cette occasion d'inviter les pêcheurs pour souper. Toute la troupe se dirige vers la maison en bois de Gitane et se régale à l'avance dans l'attente du repas une fois assise sur le perron. Tous profitent de la fraîcheur du soir pour rafraîchir leurs visages grillés par le soleil. C'est toujours Gitane qui se lève la première et qui prépare les plats avec Martin. Dans cette famille de fortune, chacun a sa tâche et s'en acquitte avec une joie toute particulière. Ces soirs-là, Marcelle ne vient pas souper, Son ne la laisse pas partir. Faudrait pas confondre le mercredi et le jeudi. Le jeudi elle vient plus tard, lorsque Son a assez bu pour ne plus suivre ses allées et venues.

C'est à ce moment de la journée que Simone sort toutes les cartes qu'elle a dessinées et les montre à Mario une à une. Mario se fait un devoir de les regarder attentivement et tâche de faire des commentaires à l'artiste avide de reconnaissance. Il répète toujours : « Hum, c'est très bien, je crois reconnaître Gauguin », ce qui n'a rien à voir, mais Simone ne s'en formalise pas. Verlaine, qui a déjà vu les cartes, dort dans un vieux panier à côté de ce duo insolite. Elle relève la tête de temps à autre pour s'assurer que tout est en ordre. Parfois elle émet un petit roucoulement, forme d'acquiescement aux remarques redondantes de Mario.

Aucun villageois n'ose passer devant la maison de Gitane. Elle est sise un peu en retrait du village et c'est mieux ainsi. Les marginaux n'ont pas droit à la vie quotidienne de Rivière-Longue. Ils doivent se créer leur quotidien en dehors de celui des gens honorables. Des gens qui abritent un chat, écoutent Mario et élèvent un enfant ne peuvent être considérés comme normaux. Ce sont des étranges. Des étranges qui perdent leur temps. Le temps, c'est précieux. On n'en a jamais assez quand on cherche à gagner son ciel.

Le souper est toujours délicieux. Gitane et Martin s'en réjouissent. Sur le balcon, ils voient Mario qui ronfle avec Simone sur les genoux, qui, elle, ne dort pas. La porte entrouverte laisse passer la lumière venant de la maison. Ils se sont tous deux pris d'affection pour la grande berceuse en bois qui voit passer toutes les saisons sur le perron. Veilleur infatigable. Simone, toujours bien éveillée, regarde le lointain, les deux jambes pendant de chaque côté des genoux de son ami-fauteuil. Ce regard aux yeux si clairs.

En silence, Gitane et Martin vont chercher le jeu d'échecs et la petite table pliante. En voyant arriver l'équipement, Simone bondit sur le ventre de Mario qui se réveille en laissant échapper un rot. Simone adore regarder Gitane et Martin jouer aux échecs pendant que le soleil, qui a fini sa job, va se coucher dans le fleuve.

À ce moment, Marcelle arrive toujours nonchalamment, du haut de ses presque dix ans, les mains dans les poches, faisant craquer les roches du chemin sous ses pieds fragiles et ses menues chevilles. Elle réussit toujours à s'échapper le jeudi, une fois que Son est endormi. C'est le jour préféré de Marcelle et c'est aussi le jour préféré de Gitane, Martin et Mario, mais ils n'en ont jamais discuté. Ça n'est pas nécessaire. Simone, elle, aime tous les jours également, mais ils sont tous si courts. Elle se demande si les journées grandiront avec elle.

Ce soir-là, tout le monde s'endort au salon après cette journée de plein air. Mario se repose devant le feu, dans le vieux fauteuil de velours vert, ses pieds rôtissant sur un pouf bancal. Le Grand Martin, allongé sur le sofa avec Verlaine roulée en boule sur son ventre, ne ronfle pas mais son nez siffle doucement. Simone est lovée sur les genoux de Gitane et elles dorment toutes les deux dans le fauteuil de rotin. Marcelle, quant à elle, s'est assoupie dans le hamac accroché entre les deux poutres du salon. Le ronflement de Mario se fait entendre ainsi que les gratouillis d'une branche contre la fenêtre qui répond aux grésillements de la cheminée.

Tout à coup, on perçoit distinctement des coups de marteau. Des coups qui résonnent longuement, comme un gong. Comme s'il n'y avait plus d'arbres pour étouffer les sons. Les dormeurs poussent des soupirs sans se réveiller car ils sont plongés dans un sommeil profond. Un sommeil de grand air. Le marteau, lui, continue sa cadence télégraphique pendant des heures.

Plus le temps passe, plus le sommeil de la maisonnée devient léger et inconfortable. Simone chigne faiblement. Et par réflexe, Gitane toujours endormie lui flatte les cheveux.

C'est Verlaine qui se lève la première. Elle fait du ventre de Martin un trampoline. Pof! Par terre. Gitane, qui suit toujours le chat, se réveille à son tour. Puis Martin, puis Marcelle. Ils sont debout, hagards en plein milieu de la pièce. Ils sont là à chercher des repères dans les lueurs orange du feu en braise. Puis Verlaine décide de mettre fin à leur demi-sommeil en réveillant Mario. Mario, lui, saute sur ses talons, immédiatement alerté par le bruit du marteau qui se fait de plus en plus chaotique. Il reconnaît la touche de Roland. Mais il n'est pas dans son état normal. Ils se ruent dehors, accrochant au passage qui un chapeau, qui un foulard, qui une veste. Le petit groupe débraillé arrive essoufflé au chantier de Roland. Gitane course derrière Le Chat et Martin porte Simone encore endormie.

Sur le chantier, ils sont frappés par une immense montagne de débris désorganisés où trône Roland. Ruisselant et rouge, le regard affolé par l'effort. Des planches éclatées, des clous tordus, la scène est spectaculaire sur le fond bleu-gris de l'aube piquante. Le petit groupe abasourdi, croyant encore rêver, se tient en ligne bien droite devant le chantier. Roland a démoli l'aile de la maison à peine entamée. C'est impensable. Même Mario reste coi. C'est Simone en s'éveillant dans les bras du Grand qui met fin au silence en lançant d'un ton anodin et autoritaire, comme savent le faire les enfants :

— Euh, Roland, ta maison est un peu démolie, là. Tu devras recommencer.

Dépouille désolée, désincarnée d'une réalité quotidienne. Ainsi se dresse la future maison d'Aline. Grand squelette. En son centre, le groupe qui s'est réuni se tait. La charpente les enveloppe. On avait démoli. Il faudra maintenant reconstruire.

Personne ne sait si des minutes ou des heures ont passé mais, rassemblant les syllabes une à une dans un effort inouï, Roland parle enfin. Pour la première fois. Il s'adresse à Simone, le plus sérieusement du monde :

— Oui, je vais recommencer. Pour Aline. Je vais bâtir une maison pour Aline et elle reviendra.

Ainsi, tout est dit et Simone acquiesce du regard, alors que celui de Gitane devient plus sombre. Marcelle est de marbre. Martin demeure silencieux. Ses yeux bleus percent le noir de la nuit. Comme un phare.

À la quincaillerie

— Bonjour monsieur roland ! dit Gus, trop enjoué pour être sincère.

— Bonjour des clous s'il vous plaît, répond Roland d'un seul trait.

— Ah mais des clous y en a plus Monsieur Roland !

— Hmm, grogne Roland. Du bois ?

— Hé bin, y a pas.

— Du pin ?

— Y a pas.

— De l'érable ?

— Y a pas.

— De l'épinette ?

— Y a pas.

Se gratte le menton. Se gratte le derrière de l'oreille. Se gratte le dessous du bras. Puis :

— Il nous reste du tremble par exemple !

— Euh… non, merci pour le tremble. Hmm. Quand vous pourriez recevoir d'autre bois? s'enquiert Roland en tentant d'éviter le regard jubilatoire de Gus.

— C'est que vous êtes mon seul client Monsieur Roland! Écoutez, je suis très mal à l'aise… Mon profit… Vous comprenez, il était pas assez… Euh, ma marge bénéficiaire ne justifiait pas ce, euh, ce… Y en aura plus! Voilà!

— Greumph.

Roland pousse un dernier grognement en s'éloignant du comptoir de Gus. Dès le moment où il passe la porte, Le Maire gicle hors de l'arrière-boutique, un faux sourire fendu jusqu'aux oreilles qu'il a poilues.

— Eh bien mon gars c'était pas mal du tout! Mais tu pourrais mentir un peu mieux, y a pas de honte à mentir! Pas de honte pantoute! Regarde: moi par exemple, je mens tout le temps!

— Euh bebeu, eubeu… bafouille Gus.

— De toute façon tout le monde ment. Pas juste moi, tout le monde! Pèse mes mots, le jeune. Tu vas t'en rendre compte un jour! On est tous des menteurs!

— Ah ababah bah ahbah… tente-t-il.

— Eh bien, c'est pas parce que t'es pas de bonne compagnie, mais je vais y aller, moi. Tu sais que j'ai beaucoup de choses à faire, moi là ! Pas que je veuille que tu te sentes coupable, mais je tiens à te souligner que le temps de qualité que j'ai passé avec toi, bien ce temps-là il me coûte de l'argent à moi. Mais je veux rien que ton bonheur ! Si on laisse c'te gars-là nous ramener Aline, ça sera pas bon pour personne, le jeune. Dis-toi ça. Pis crisse, j'ai promis à sa mère qu'a reviendrait pas.

— Ih bih bibhbibiih…

— Excuse-moi de te couper la parole, mais je vais y aller, moi là, il faut pas que je te laisse faire, tu vas me prendre tout l'après-midi, fiston !

— Uh ! tente Gus.

— Salut, le jeune ! Continue ta belle affaire, là ! fait Le Maire en exécutant une sortie triomphale, les bras en l'air, saluant une foule invisible mais apparemment conquise.

Petite Marcelle

Cinq ans plus tôt

L E TRAVERSIER FEND LES EAUX du fleuve avec ennui. L'énorme machine ronflante transporte ses passagers d'une rive à l'autre sans considération pour leurs destins quelquefois tragiques. Aveugle à la douleur qu'il porte sur ses ponts, le traversier avance. Pour Aline, c'est autre chose. Envahie de pitié pour sa propre personne. Affamée. Abandonnée. Elle pense à sa petite Marcelle. Une nouvelle déception pour Mignonne qui avait espéré que sa petite-fille lui apporte plus de joie que sa propre enfant. Pour Mignonne, le contentement est un vice qu'elle laisse aux faibles. Entre la satisfaction et la naïveté, il n'y a qu'un pas qu'elle ne franchira jamais.

Pour ce qui est de la chair de sa chair, Son n'y voit aucun intérêt. La petite Marcelle est manifestement trop stupide pour qu'on puisse en faire un Nobel ou un Pulitzer ou un... ou un... Avec son visage de petite taupe aux yeux plissés, au regard absent. Et elle ne parle pas. Jamais. Même si, dans sa gorge, se gonfle toute la détresse d'un enfant qui n'ose pas pleurer. Pour ne pas déplaire. Marcelle sait qu'on ne l'aime pas. Mais elle ne sait pas pourquoi.

Elle n'est pas stupide, elle comprend. Seulement elle ne voit pas très bien. Presque rien, en fait. Quelquefois elle ose s'approcher très près des choses pour les regarder à son aise. D'autres fois elle porte à son visage des objets qu'elle contemple longuement. Avant qu'on ne lui dise de laisser ça. Avant qu'on ne lui demande ce qu'elle fait là. Avant qu'on ne la traite d'imbécile. Avant qu'on ne lui dise d'aller dans sa chambre. Avant qu'on ne lui ordonne d'être sage. Les adultes ne veulent pas être témoins de sa différence. De ses difficultés. Ne veulent pas être tenus responsables de ce petit être qui en arrache.

Quelquefois, Petite Marcelle se lance dans de grandes fêtes toutes personnelles. À cause de sa vue déficiente, ses autres sens se trouvent exacerbés et il lui prend des envies de tout goûter. De tout entendre. De tout sentir. Ce qui a généralement des conséquences désastreuses. Il y a eu l'épisode de la motte de beurre qu'elle s'était fourrée en entier dans la bouche. La claque n'avait pas été longue à venir et elle avait été sonore et, comme toujours, injustifiée. Elle avait récidivé avec le sucrier qu'elle avait mangé à pleine cuillère à l'abri des regards. Cette fois-là, personne ne l'avait prise sur le fait, elle en avait été quitte pour une ivresse glycémique et avait passé l'après-midi à tituber sur la plage. Tous ces goûts qu'elle discerne à la perfection sont un remède souverain à ces images qui manquent de précision.

Pour Petite Marcelle, le monde se goûte, se sent et s'entend. Seulement, il ne se voit pas. De cela elle ne se porte pas plus mal. Elle connaît le goût du sable et de l'eau de mer. Reconnaît son père à l'absence de proximité, sa grand-mère à son aigreur et Le Grand Martin à son chant ou son sifflement et son parfum du large. Et elle se souvient des cris de sa mère et des sons étouffés qui les précédaient. Elle se souvient d'avoir touché les cicatrices sur ses bras et les marques dans son cou. Elle se souvient des hurlements de Son, avant qu'Aline ne parte. Maintenant, le silence avait remplacé sa mère.

Un beau jour, Le Grand Martin finit par comprendre ce qui se passe. C'est une journée où ils pêchent ensemble. Fait rare, Petite Marcelle se met debout dans la barque et s'approche de Martin. D'habitude elle ne bouge pas de son siège, elle n'a pas assez d'équilibre sans ses yeux. Mais ce jour-là, allez savoir, elle se lève, décidée, et se dirige d'un pas assuré vers son grand ami. Elle se poste face à lui, pose sa main droite sur l'épaule gauche de Martin et grimpe sur un tas de corde pour arriver à mettre son nez à la hauteur de la joue barbue. Et elle renifle et frotte et caresse avec son nez la joue de Martin. Frénétique. Elle trace un petit chemin avec son museau dans cette forêt pileuse.

Un peu troublé par cette proximité inattendue, le pêcheur ne réagit pas. Il la laisse faire. Étrangement, il trouve le geste parfaitement naturel. Elle le renifle par petits coups secs. Comme un chiot fou. Puis elle prend la tête de Martin entre ses deux mains et approche son regard de celui du géant. Il penche la tête vers la petite fille. Ils se regardent dans les yeux. Longtemps. Elle tient sa tête bien serrée avec toute la force dont ses menottes sont capables.

D'aussi près, les yeux de Marcelle deviennent lucides et lumineux. Elle voit Martin. Elle le regarde jusqu'au fond du cœur. Elle se recule de quelques centimètres. Le regarde encore un long moment. Puis elle lui sourit. Avec un petit fond de rigolade dans la gorge. Martin ne l'a jamais vue sourire. En fait, elle profite de cette proximité pour imprimer l'image de Martin sur sa rétine infirme. Puis elle se recule et retourne s'asseoir au fond de la barque pour flatter un poisson, elle flatte toujours un poisson lors de ces longues journées de mer. Les écailles lui chatouillent les doigts et elle adore ça. Martin voit le regard de l'enfant s'éteindre. Il voit l'intelligence disparaître de ces yeux mourants. Et il comprend. Il comprend que Marcelle ne voit rien. Qu'il lui faut simplement des lunettes. Il va lui en trouver.

Et il va tenir sa promesse.

~

C'est un matin pluvieux. Idéal pour pêcher. Marcelle est venue rejoindre Martin sur la grève. En ce temps-là, la petite fille de cinq ans circule librement sans avoir de compte à rendre à qui que ce soit. C'est là son seul bonheur. Son père est dans une phase où il passe ses journées aspiré dans ses herbes mystiques qui lui font perdre le nord.

Elle passe beaucoup de temps avec Martin. Ce matin-là elle s'est justement vêtue de ses plus beaux atours. Ce qui, pour une enfant de cinq ans presque aveugle, est tout un défi. Une jupe à carreaux rouges, des bas bleus, une veste mauve à fleurs jaunes, des bottes vertes et un petit chapeau brun. Ses vêtements dépareillés auraient fait rire tout autre que Martin. Mais Martin ne rit pas. Il respecte Petite Marcelle et il est heureux de tous les efforts qu'elle a mis pour se faire jolie.

Mais ce matin il ne l'amène pas pêcher. Il lui tend la main. Marcelle ne distingue pas très bien le geste de Martin. Elle reste là sans bouger. De plus en plus paniquée, elle essaye de deviner ce que fait Martin, ce que veut Martin. Elle a peur de lui déplaire et cherche désespérément dans sa mémoire le souvenir d'un tel geste. Alors qu'elle s'affole, Martin s'approche doucement et prend la petite sous les bras. Il la soulève de terre et l'amène jusqu'à la hauteur de son visage. Avec son index droit il dirige doucement le visage de Marcelle plus près du sien et la regarde dans les yeux comme la première fois. Pour s'assurer qu'elle le voie bien. Seulement, cette fois il parle :

— On va faire un tour de camion aujourd'hui.

La petite fille, muette, ouvre les yeux tout grands.

— On va pêcher des lunettes.

Et Martin porte Marcelle jusqu'à son camion qui est stationné tout près de la plage. Ils démarrent dans le petit matin humide et rose.

Ce qu'il faut faire

ROLAND TRIME DUR depuis plusieurs semaines déjà quand Gus lui annonce qu'il n'a plus de quoi lui fournir des matériaux. Évidemment, personne au village n'est dupe, tout le monde a compris que Roland prépare le retour d'Aline. Agnan l'a vu ramasser la boîte de lettres. Et là, il s'est pris d'une rage muette de le voir partir avec ces missives qu'il aurait tant voulu lire lui-même. Lorsque l'on jette quelque chose, ce n'est pas pour que quelqu'un nous vole aussi éhontément. Instinctivement, il va raconter partout au village que Roland va faire revenir Aline. Tout un boycottage s'instaure alors dans la petite localité qui n'a que ça à faire. On ne veut pas qu'Aline revienne.

Loin de se douter qu'il est la cible d'un ostracisme délibéré, Roland, lui aussi, ne pense qu'au retour d'Aline. Il ne fait ni une ni deux et monte dans le camion usé qui l'a traîné jusqu'à Rivière-Longue et ne revient que trois jours plus tard avec quelques boîtes de marchandises. Les habitants, soulagés qu'il n'ait rien trouvé de plus, prennent tout de même la précaution ridicule de siphonner l'essence de son tacot. Ils doivent s'y prendre à cinq et y mettre toutes leurs énergies. Mais le lendemain, quelle n'est pas leur surprise de voir arriver d'énormes camions de marchandises qui déversent d'autres matériaux sur le terrain de Roland. Roland regarde les matériaux s'amonceler, les yeux plissés, avec un sourire presque imperceptible, mais béat.

Les habitants doivent donc se rendre à l'évidence, ils ne sont pas de fins stratèges. Mais qu'à cela ne tienne, ils sont de sacrés boudeurs ! Ils décident de ne plus regarder Roland. Plus jamais ! Puis il va partir. Ils partent toujours quand on les ignore. Les miséreux s'en vont lorsqu'on ne les aide pas.

À partir de ce moment-là, on passe devant le chantier de Roland sans le regarder. Même Madeleine ne va plus le voir. Pour aller à la boulangerie, elle doit faire un détour de plusieurs kilomètres pour ne plus passer devant le chantier, elle n'est pas de taille contre l'opprobre. Le village entier feint l'indifférence totale. Sauf Le Maire, ancien champion-boudeur de haut calibre, qui s'est mis de la partie avec une autre technique qu'il a pompeusement nommée La Cible. Il se poste à cent mètres du chantier et dans un axe très précis, glose-t-il, il darde sur Roland son regard le plus sombre. Il peut rester ainsi pendant des heures à vriller le dos et la nuque de cet étranger qui ose ainsi souhaiter le retour de l'enfant prodigue.

Tous les villageois sont éperdus d'admiration devant la force de Monsieur Le Maire. Mignonne se met même à soupirer et à battre des paupières lorsqu'elle le voit. Elle va jusqu'à passer ses journées sur le perron d'où elle peut contempler la forme adipeuse du Maire au loin. Placide, témoin impuissant, se berce comme sur une mer déchaînée et fume férocement sa pipe. Il s'en exhale une âcre fumée noire comme de l'encre. Il s'en fout du Maire, Placide. Il veut seulement que sa fille revienne.

Mignonne ne voit rien de tout ça. Elle fixe avec une adoration libidineuse Le Maire qui foudroie Roland. Elle ne voit que lui, gigantesque taureau bandé. Elle jubile de le voir si puissant, si massif. Elle ne voit pas la couperose sur le nez et les joues, elle ne voit pas les mentons en paliers qui s'épandent à l'infini. Elle ne voit qu'un homme au regard pouvant abattre quelqu'un à cent mètres. Oh! Il est si dur, Le Maire! Mignonne est dans tous ses états, elle qui croyait n'en avoir qu'un seul.

Roland, aveugle à tout ce manège, trime dur. Il peut toujours compter sur l'aide du fidèle Mario. Mario passe toutes ses journées avec Roland, même les jeudis. Il veut l'aider à terminer la maison d'Aline. Les jeudis, Le Grand Martin vient maintenant les aider. Puisque Mario ne vient plus pêcher. Simone, elle, a laissé tomber la cueillette de coquillages. Elle passe la journée à trier les clous. Les droits des crochus. Roland le lui a expliqué. Les crochus, on doit les jeter. Comme Roland ne parle pas souvent, lorsqu'il le fait on l'écoute, c'est le bénéfice des gens peu loquaces.

Verlaine et Gitane viennent aussi aider Roland. Verlaine s'assoit à côté de Simone et fait la belle. Elle s'est elle-même nommée superviseuse de chantier, comme le font les chats. Lorsqu'elle est satisfaite des travaux, elle ronronne. Gitane charrie les matériaux avec Le Grand Martin. Martin est heureux.

Un après-midi brumeux, la structure de la maison se dresse enfin au centre du chantier. Alors que l'équipe s'affaire à déplacer les piles de bois, Roland disparaît pour revenir dans le milieu de la nuit avec un matelas mou plié en quatre, des oreillers et une courtepointe aux couleurs de l'arc-en-ciel.

Quand les ouvriers reviennent le lendemain matin, Roland est endormi sur ce radeau, Poilu assoupi sur sa tête. À son réveil, Roland s'exprime en ces mots :

— Elle peut revenir, il y aura un toit sur sa tête.

Même si la maison est loin d'être terminée, il y a au moins ce lit de fortune qui la meuble tout entière. Ça donne beaucoup d'espoir à Roland, dont le regard égaré semble courir toutes les latitudes.

⌒

La vie de chantier n'est cependant pas de tout repos. Le petit corps de Marcelle est tout endolori. Elle sent qu'elle n'est pas utile avec ses bras trop maigres. Ses jambes ne plient pas, sa chevelure, faite de paille trop fine s'échappe de ses couettes et s'attache aux solives, aux planches et aux outils. C'est Aline qui tressait les cheveux de Marcelle avant. Mais la petite fille ne sait pas les tresser toute seule, alors elle les laisse flotter à leur guise. Ça n'est pas bien pratique. Ça n'est pas très prudent.

Les cheveux de Gitane sont différents, elle ne perçoit pas le problème de la petite fille. Le lourd tapis qu'elle porte sur ses épaules accepte sagement le port de la casquette. La crinière de

Marcelle, elle, est aussi imprévisible que la mer. Elle supplie Gitane de lui couper les cheveux. Très court. Mais Gitane en est incapable. Elle ne peut pas couper les si longs cheveux de Marcelle. Heureusement, Simone est capable. Simone peut tout faire. Évidemment. À trois ans, tout est encore possible. Elle se plante devant Marcelle et s'offre spontanément.

— Quand tu veux ! s'exclame-t-elle.

C'est ainsi que la coupe a lieu sur le chantier le matin suivant, un matin sans vent. Marcelle, posément assise sur une montagne de bois de foyer, attend. Gitane et Simone sont toujours les dernières arrivées sur le chantier. Elles se profilent au loin. Le long pas somptueux de Gitane suivi du petit trot sérieux de Simone. Gitane apporte un vieux ciseau argenté et Simone porte le chat, un pas agile à la fois. Elle s'applique toujours lorsqu'elle porte Verlaine. La chatte n'aime pas les chaos. Elle est lasse ce matin-là et ne souhaite pas marcher.

Voyant Marcelle, Simone pinsonne :

— Allô Marcelle ! C'est nous !

Gitane évalue les lieux du regard, perplexe :

— C'est bien étrange comme idée de te couper les cheveux ici, ajoute-t-elle, sans relever que l'âge de la coiffeuse est également inusité.

Marcelle hoche la tête. Elle n'a rien à répondre à cela. Simone, sérieuse comme un chef indien s'assoit en tailleur face à la blonde Marcelle.

— Verlaine va m'aider. Je suis certaine que tu seras très jolie. Verlaine aussi est certaine, affirme Simone en s'assoyant.

Elle dispose Verlaine à ses côtés, comme un petit bouddha de pierre.

La lourde tâche commence pour la légère Simone. Avec ses petites mains boudinées elle prend le lourd ciseau. Elle ferme les yeux et inspire. Ouvre les yeux et commence son œuvre. Les longues boucles tombent par terre en virevoltant dans les airs comme de grands fils d'or. Poilu, attiré par cet éclat doré, volette jusqu'à elles. Il est fasciné par tant de lumière. Plus les mèches tombent, plus Poilu est hypnotisé. Il ne veut plus bouger. Il se laisse enterrer sous la masse blonde qui neige sur lui.

En ce beau matin, Gitane se remémore sa première rencontre avec Simone alors que cette dernière explique à Marcelle comment elle envisage de couper chaque mèche. Simone a toujours été aussi volubile, même le matin de son arrivée.

Un an plus tôt

Simone est venue à Gitane par un matin d'automne. Avec rien dans les poches. Un petit minois
fragile. Un doigt charnu qui appuie sur la sonnette.
Gitane ouvre la porte même s'il est de très bonne
heure. Elle regarde au loin. Ne voit personne. Puis
regarde plus bas. Un mètre plus bas. C'est un sage
de quatre-vingt-dix-huit centimètres. Un visage
aussi sérieux, un regard aussi perçant, ce ne peut
être qu'un sage. Elle reste longtemps penchée sur
cette petite Poucette qui se tient là sur le perron.
Elle ne saurait trop qu'en faire. Elle ne peut pas
être mère et elle n'a pas besoin d'un sage. La petite
fille stoppe l'interrogation de l'avocate.

— Allô Gitane ! Je m'appelle Simone. Je peux-
tu habiter avec toi pis ton chat ?

D'entendre son nom jaillir de cette petite bouche
en forme de framboise brise le cœur de Gitane en
mille miettes. Elle n'a jamais rien entendu d'aussi
beau. Son propre nom dans la bouche d'un enfant.
Le chant du plus bel oiseau. Elle plie les genoux
pour être à la hauteur de Simone et lui demande :

— T'as pas de parents, ma pinotte ?

— Pas que je sache, répond Simone assez
sèchement.

— Tu viens de Rivière-Longue ?

— Pas que je sache, poursuit-elle, désinvolte.

La petite semble se fermer davantage à chacune des questions de Gitane. Il faut dire que les contre-interrogatoires avaient pourtant toujours été la force de l'avocate.

— Comment es-tu venue ici?

— C'est un Ours qui m'a amenée.

La petite sourit imperceptiblement. Pour elle aussi, c'était sa force.

— Ah bon… Et comment tu l'as rencontré, cet ours-là?

— Je l'ai pas rencontré, c'est mon grand-père, voyons!

Et en effet, pour Simone cela semble être la plus grande évidence du monde.

Comprenant qu'elle n'en saurait pas davantage de la bouche de cette enfant, Gitane la prend dans ses bras et l'emmène à l'intérieur. Elle ne peut s'empêcher de la contempler pendant un long moment. Tous les détails elle veut les peindre dans sa mémoire. Peindre la peau du genou dodu, les petits doigts boudinés. Peindre les yeux immenses comme le ciel d'hiver et les cheveux roux comme l'automne. Cette enfant s'est mise au monde toute seule, aidée par la forêt et la mer. Seule explication plausible à tant de beauté, à tant d'absolue perfection.

En ce beau matin, ça fait déjà un an que Simone est venue à Gitane.

Alors que la styliste improvisée poursuit son œuvre, les ouvriers s'amènent sur le chantier. Mario traverse la pelouse sans porter attention aux filles, il est en mission. Il va préparer le café.

Pour Martin, c'est la réaction inverse, immédiatement son regard se pose sur la tête blonde de Marcelle. Il semble s'effondrer sous une trombe de souvenirs. Gitane saisit ce regard au vol et sent son cœur monter dans sa gorge.

Les épreuves

CONSTRUIRE UNE MAISON n'est pas chose facile. Ça l'est encore moins lorsque personne ne se parle. Le petit groupe est peu volubile. Construire une maison leur est donc encore moins facile que pour le commun des mortels. Il y a des jours où la communion des esprits ne suffit pas.

— Hé Mario! Mario est-ce que tu m'entends? crie Roland.

— Moui, je t'entends. Je suis pas sourd moi!

— Euh tu voudrais-tu m'aider, euh c'est lourd, fait la voix étouffée de Roland.

— Lourd, bin oui c'est lourd, pourquoi tu essaies de soulever ça tout seul! Tu aurais dû m'appeler, je serais venu. J'étais juste là, répond Mario.

Il pointe un espace flou derrière lui, sans toutefois bouger pour aider son ami qui est clairement en très mauvaise posture.

— Mais, est-ce que tu vas arrêter de parler pour m'aider ? Mon bras fait vraiment mal, je ne sens plus ma jambe, poursuit Roland, sa voix de plus en plus faible.

Le pauvre Roland est en fait écrasé sous une immense poutre. Martin se précipite à toute vitesse pour l'aider alors que Mario continue son laïus.

— Mario ! grogne Martin en direction de Mario.

Mario, à qui Martin n'a jamais osé parler de la sorte se rebiffe sans se taire.

— ... « rencontre, qui fut par hasard en une grande fête et compagnie de ville, nous nous trouvâmes si pris, si connus, si obligés entre nous, que rien dès lors ne nous fut si proche que l'un à l'autre »... commence à réciter Mario alors que Roland, supporté par Martin, s'éloigne vers l'herbe pour se reposer.

Martin ne comprend pas comment cette poutre a pu tomber sur Roland.

Elle était solidement fixée à la charpente pas plus tard que la veille au soir. Il a des doutes et trouve ça louche, mais garde ses réflexions pour lui-même.

On fait venir un docteur. La jambe de Roland est fracturée en plusieurs endroits. Il faut le plâtrer jusqu'à la hanche.

Officiellement alité.

Roland ne peut plus bouger.

Gitane et Madeleine

C'EST UN APRÈS-MIDI DE PRINTEMPS où tout se réchauffe entre midi et trois heures. Un hors-d'œuvre pour l'été qui s'amène. Madeleine termine sa préparation pour le lendemain. Petits pains, grands pains, longs pains. Il est passé quatre heures et le soleil épuisé ne chauffe plus grand-chose. Elle a laissé les portes et fenêtres de la boulangerie grandes ouvertes tout l'après-midi. Elle ne les a pas encore fermées et la fraîcheur entre maintenant à pleines lampées dans le petit coqueron. La farine qui couvre tout le mobilier se soulève sous les claquements du vent. Des tourbillons de ce brouillard blanc emplissent l'espace où vaque la boulangère, parfaitement heureuse malgré une mélancolie intermittente qui persiste depuis l'enfance. Mais le pain et les pâtisseries la rendent si heureuse. C'est doux et chaud et moelleux comme une caresse.

Agnan entre discrètement pendant qu'elle a la tête dans le four, qu'elle frotte vigoureusement. Mais avant même qu'elle n'en ressorte, il disparaît. Il emporte avec lui l'image qui le ferait sourire tout le soir et peut-être demain aurait-il le courage de rester et lui parler. C'est qu'ils s'étaient pris la main autrefois. La brièveté de ce moment surréaliste n'avait en rien diminué la force de l'empreinte qu'il avait laissé en lui. Et même si Madeleine et lui ont toujours fait mine que rien ne s'est jamais passé, quelquefois ils échangent un regard complice. Et si ce regard n'est pas tendre, ce n'est que par pudeur. C'est délicat les amours naissantes, c'est toujours comme la première fois et ça nous laisse si désarmés. Vulnérables. Et sots. Bien souvent. Bien souvent.

Ce soir-là Madeleine décide de rentrer chez elle. Tranquillement. Elle croise Gitane qui va dans la même direction. C'est facile d'aller dans la même direction que quelqu'un à Rivière-Longue, il n'y en a qu'une. Les deux femmes trouvent dans la chaleur de cette rencontre fortuite un réconfort au coucher hâtif du soleil de printemps.

Madeleine invite même Gitane à souper :

— Si ça te tente, on pourrait souper ensemble. On fera un feu dans le foyer du salon et on pourrait manger des œufs, offre-t-elle.

— Oui, ça me tente. Pis en plus je pense que ça me ferait du bien de parler avec quelqu'un, répond Gitane.

— Hum, hum… est la seule réponse de Madeleine pour qui Gitane est tout à coup beaucoup trop franche.

À Rivière-Longue, on ne parle pas et la perspective de cet échange impromptu fait finalement craindre à Madeleine de ne pas être prête à le recevoir. Elle est peu habituée à l'intimité des confidences. Et à la proximité des humains. Elle a toujours préféré la chaleur du four et du pain. C'est bien plus simple. C'est pour ça que Madeleine répond plutôt par une question :

— Pourquoi vous bâtissez une maison pour Aline ? Je comprends pas pourquoi vous voulez qu'elle revienne.

— On en parlera pendant le souper, je vais t'expliquer, répond Gitane.

Ce soir-là, Madeleine et Gitane partagent la lumière du feu de foyer, la chaleur du souper et le bruissement des confidences. Madeleine, qui préfère souvent rester à l'écart de peur de déranger, s'est trouvé une amie.

C'est souvent comme ça qu'on se fait un ami. On marche sur la même route, on s'invite à souper, on parle et puis c'est tout. C'est juste ça. Si Madeleine avait su que c'était si simple. Peut-être aurait-elle eu plus d'amis.

Sans domicile ni idée fixes

Sans qu'aucun ne sache vraiment ce qu'est un foyer, ils sentent qu'ils n'habitent vraiment un lieu que lorsqu'ils sont ensemble. Comme les soirs chez Martin. Éparpillés, ils s'assemblent.

Parce qu'une maison, ce n'est pas le lieu où l'on habite, c'est ceux qui nous habitent. Ceux qui nous ont habités. Ceux dont le souvenir nous habite encore. Une maison, ce n'est qu'un endroit où l'on accueille ceux que l'on adopte ou ceux qui nous adoptent. Mais pour adopter, il n'est pas besoin de murs, pas besoin de toit. Ça, Roland ne le sait pas.

Sauf qu'à Rivière-Longue, on adopte bien peu. On écarte, on pointe, on blâme, on n'accueille pas. Quand on a le cœur un peu étroit, c'est bien difficile d'y faire entrer un autre que soi. Pas de place pour les sourires de connivence échangés d'un bout à l'autre d'une table trop densément peuplée. Encore moins pour chanter, encore moins pour partager l'ultime bouchée d'un plat trop vite disparu ou la dernière gorgée d'une boisson trop éphémère, ou le dernier mot d'une conversation qu'on a fait durer le plus longtemps qu'on pouvait. Jusqu'à temps que le feu tourne en braise ou que le thé soit froid.

Mario est le seul à vivre consciemment son statut d'itinérant. Il le sait, il n'est bienvenu nulle part, aussi il se cache. Pourtant, s'il posait la question, il aurait une réponse tout autre que celle qu'il s'est forgée en silence. Parce que Mario est très apprécié de certains. Pour ceux-là, Mario est synonyme de joie et de douceur. D'écoute et de tendresse. Parce que Mario écoute autant qu'il parle. C'est un écouteur de premier ordre. Faut juste qu'on lui adresse la parole. C'est sûr, des fois ça lui arrive de perdre le fil d'une conversation. Mais les conversations, c'est si vaste et quelquefois ça va si loin, avec des mots si grands. Il faut savoir se rappeler d'où l'on vient pour descendre le fleuve d'une conversation. Mais Mario ne vient de nulle part.

Il a toujours passé de longues heures sur le banc en face de l'église, emmailloté dans l'espoir de voir une conversation passer. Depuis qu'il est enfant. Il aurait alors pu la capter comme une brise et s'y laisser bercer. La douce musique d'une conversation inattendue est pour ce présumé sim-plet la plus belle mélodie du monde. Et il y a bien peu de conversations à Rivière-Longue. Il faut savoir la chasser. C'est pour ça qu'il y a longtemps, Mario est allé en ville, chercher la conversation. C'est pour ça qu'il est revenu. Il ne l'a jamais vraiment trouvée.

⌒

Pour Gitane, c'est autre chose. Elle ne se perçoit pas comme une itinérante. Elle ne ressent que du bien-être dans cet état de flottement où elle se maintient. Elle veut absolument demeurer libre et nomade. Même si Verlaine et Simone l'ont en quelque sorte freinée dans sa fuite, elle ne sent pas le mors d'une relation trop fougueuse. De celles qui nous emportent trop vite et trop loin.

Si loin de nous qu'on n'en revient jamais. Jamais vraiment.

C'est de cela dont Gitane a peur. Elle ne veut pas qu'on l'emporte loin d'elle. Elle habite son corps jalousement et son cœur est un phare lumineux qu'elle occupe seule. Aucun bateau ne vient s'y fracasser les côtes.

Le choc du ressac la laisse de marbre et elle déverse le trop-plein de ses flots sur les mines épanouies de Verlaine et de Simone. Deux des étoiles qui vivent dans le ciel nocturne de Gitane. Elle les laisserait filer le temps venu. Elle le sait, tout cela n'est que temporaire, c'est une famille de secours et elle ne peut prévoir ce qui en restera. Gitane profite donc du moment présent. Le seul qui nous appartienne vraiment. Le passé se travestit de nos souvenirs et le futur s'habille de nos craintes. Gitane le sait bien.

Le présent est le seul amant qu'elle embrasse à pleine bouche, qu'elle caresse à plein corps. Sans peur et sans reproche, sans pitié, sans admiration, sans perdre haleine.

Ainsi il en allait de la vie de Mario, de Gitane, de certains de ceux qui habitent Nulle Part.

Nulle Part est une contrée densément peuplée. De toute sorte de gens. Nulle Part, c'est un peu Rivière-Longue. C'est un peu partout, et nulle part à la fois.

Marcelle en marche

AVEC LE TEMPS, les ouvriers constatent qu'il est plus pratique d'être sur le chantier en permanence. Maintenant, ils habitent donc tous dans la maison d'Aline. Dans une grande pièce située au fond de la maison, où ils ont établi leur campement.

Cependant, pour la fin des travaux, avec Roland cloué au lit, les choses ne vont plus très rondement. Il est maussade, il grogne. Ça ne lui va pas d'être grabataire et ça ne va pas à Mario que Roland soit aussi déprimé. Le reste du groupe tente l'impossible, c'est-à-dire de construire la maison sans aucune compétence, talent, ni coordination. Plus les jours passent et plus Roland s'agite. Il a maintenant une forte fièvre et balance des propos incohérents à quiconque passe devant la chambre d'Aline où on l'a couché une fois qu'on a dégagé son radeau des décombres.

C'est alors que Marcelle prend une grande décision, longuement mûrie dans ce petit bout de femme. Elle leur annonce qu'elle part chercher Aline. Il faut qu'elle revienne, Roland ira sûrement mieux avec Aline à ses côtés. Personne n'ose formuler d'objection. Évidemment, c'est complètement absurde. Marcelle qui n'est jamais sortie du village. Marcelle qui n'a jamais même quitté le Boulevard. Elle ne réussira sûrement pas. Voilà ce que les villageois en auraient pensé s'ils avaient su. Sans savoir qu'il ne faut jamais douter de la volonté d'un enfant. Voilà ce que Mario, lui, pense. Mario qui ne fait que jeter des pierres au loin. C'est aussi ce que pense Gitane qui ne fait que jeter des regards à la dérobée à Martin. Martin, qui n'en pense pas moins tout en raccommodant les mailles de son filet qu'il avait traîné jusqu'à la maison.

Mais Aline ne connaît pas Roland. Aline ne sait pas qu'un imbécile heureux s'est mis dans la tête de lui construire une maison sur les lieux d'où elle avait été bannie. Pourquoi reviendrait-elle ? C'est ce qu'ils pensent tous sans avoir le courage de le dire à Roland.

On ne peut donner tort à ces incrédules.

Ce qu'ils ne savent pas, c'est que Roland écrit à Aline depuis longtemps. Qu'il croit l'avoir retrouvée. Qu'il se désespère de ne pas recevoir de réponse à ses lettres qui, pour être brèves, n'en sont pas moins pressantes. Que c'est parce qu'elle n'a jamais répondu qu'il n'est jamais parti la chercher. Que c'est son silence qui le mine lentement.

Marcelle ne sait pas tout ça. Pour elle tout est limpide et simple.

Le soir venu, quand tout le monde a quitté le chantier, Marcelle revient vers la maison, une grande boîte sur l'épaule et un sac de toile sous le bras. Avec sa jupe de bohémienne, avec ses cheveux courts et son tricot trop grand, avec cette idée folle pour seul couvre-chef.

Roland refuse de se faire déplacer de la chambre d'Aline. Il reste là étendu dans le lit, nuit et jour, avec sa jambe droite plâtrée jusqu'à la hanche. Le plafond défoncé lui laisse voir le ciel et les étoiles et lorsqu'il pleut, il s'engouffre sous deux gigantesques parapluies que Mario lui a trouvés. Il refuse qu'on répare la chambre d'Aline. Se fâche lorsque quiconque y fait allusion.

Ce soir-là, Marcelle s'avance avec précaution de peur de recevoir des invectives et elle s'assoit sur le bord du lit.

— Roland, j'ai la boîte de lettres. C'est Poilu qui m'a montré où elle était, dit Marcelle.

Roland ne dit rien. Il fixe le mur devant lui.

— Je sais pas lire, Roland. J'ai besoin de ton aide car je vais chercher ma mère et je ne sais pas où elle est, enchaîne-t-elle dans un souffle.

Roland fixe toujours le mur.

— Ne vas pas chercher ta mère, ma belle Marcelle. C'est impossible de retrouver une femme qui s'est sauvée pour les raisons qu'elle avait. Ça fait des mois que je la cherche, j'ai envoyé des lettres partout, avoue-t-il, la voix brisée.

Puis Roland lâcha un mugissement impressionnant pour un homme aussi dévasté. En regardant une larme couler de l'œil jusqu'au cou de Roland, Marcelle se demande pourquoi il tient tant à la maison d'Aline. Pourquoi il tient tant à cette femme qu'il ne connaît pas ? Roland se retourne vers elle et plante ses deux yeux dans les siens. Ils éclairent la pénombre comme une lampe à l'huile usée et transpercent la jeune fille jusqu'aux os comme un vent d'hiver.

L'humidité de la forêt et de la mer se mêle à l'odeur saline des larmes de Roland. Il ne s'est pas lavé depuis plusieurs jours. Le parfum riche et terreux de la nuit se mêle à l'odeur âcre et épicée du malade. Marcelle ne cille pas plus que Roland qui la fixe toujours.

Roland est malade. Très malade. Roland est malade d'une inconnue. Roland se languit comme au Moyen Âge. Roland veut revoir sa belle et Marcelle va la trouver pour lui. C'est ainsi qu'elle voit les choses. Teintées d'un romantisme que Roland ne partage pas. Roland ne se languit pas tant d'Aline. Pas tant. Il se languit d'une réponse à ses questions.

Pour Marcelle, c'est plus simple. Il se meurt. Et elle ne peut pas le laisser mourir. Il a les yeux tout gommés de larmes. Marcelle a pitié.

Sans mot dire mot et sans détacher son regard de la silhouette fine, presque translucide de Marcelle, il tend la main droite. Marcelle y dépose la première lettre et allume la petite lampe à l'huile que l'on a déposée sur la table de chevet. Elle sert pour la première fois. Roland n'éclaire jamais ses nuits.

Et c'est ainsi que Roland se met à lire. Longtemps. Jusqu'à ce que ses larmes d'enfant sèchent, dans les sillons qu'elles avaient creusés sur ses joues d'homme.

Marcelle ne connaît pas les mots des adieux ni ceux des au revoir. Elle quitte donc Rivière-Longue sans un mot à quiconque. À l'heure où le soleil tombe dans le fleuve entraînant avec lui une partie du ciel nocturne dans des flots orange et rose. Marcelle n'amène presque rien, un appareil photo et un nécessaire de survie ascétique. Elle a sur le dos son pull trop immense qu'elle traîne comme la cuirasse de Don Quichotte. Mais pas de Sancho à ses côtés. Marcelle est seule. Elle l'a toujours été. Parce que c'est ainsi que l'on fuit, de mère en fille, dans bien des familles.

En forêt, la nuit tombe vitement et la fraîcheur humide broie toutes les défenses de Marcelle qui marche depuis le matin. Comme elle ne connaît pas la forêt, elle est partie dans la mauvaise direction. Mais ça, elle ne le sait pas. Entre chien et loup, elle s'oblige à grignoter un bout de pain pour se donner un peu de contenance. Rigide comme sa grand-mère, elle se défend tout abattement. Elle regarde aux alentours, cherche une route, un chemin, une voie à suivre.

Elle trouve enfin une route asphaltée, bordée de conifères, sur laquelle elle chemine pendant à peine une heure. Marcelle s'accorde alors un repos. Elle s'accroupit et flatte la chaussée de sa main gauche. Le bitume est encore chaud d'une journée passée au soleil. Marcelle s'étend de tout son long et laisse l'asphalte l'irradier, espérant que cela la réchauffera assez pour la route à venir. Elle fixe le ciel jusqu'à ce que les astres se multiplient sous ses yeux. Au fil des secondes puis des minutes, les petits points blancs prennent le dessus sur le néant et le ciel devient un vaste champ lumineux. Elle se demande comment sa mère a fait pour partir ce matin-là.

La jeune fille se redresse et fixe le lointain, là où le tracé de la route se fond en un seul point hypnotique. « Mon point de fuite », se dit Marcelle. Sur le chantier, on l'a cru investie d'une mission presque divine, mais elle sait qu'il en est autrement. Aurait-elle eu les mots qu'elle l'aurait avoué. Elle ne veut pas tant retrouver sa mère que fuir un échec qu'elle croit imminent. De voir Roland s'effriter sous ses yeux et se désincarner comme son propre père est trop pénible pour Marcelle qui se trouve trop frêle pour absorber autant de douleur. Elle n'a d'autre choix que fuir. Elle n'est pas assez forte pour supporter Roland et son désespoir des projets contrariés.

Marcelle préfère les fuir tous et la maison aussi. Elle est déjà broyée de l'intérieur et ne peut aider quiconque à se recoudre. Dans la nuit noire, elle se relève, décidée à retrouver sa mère et à la traîner à Rivière-Longue, et de force s'il le faut. Sa mère doit réparer les pots cassés depuis son départ. Elle doit venir leur raconter la vérité. La vérité, Marcelle la connaît, elle a tout vu, et tout entendu. Mais elle ne peut pas raconter ça. Comment trouver les mots ? Marcelle se remet en marche, le petit poing serré sur une boulette de mie de pain qu'elle a oubliée dans sa main gauche et qui pulse au rythme de son cœur et de ses pas.

Le hurlement d'un loup lui fait faire volte-face. Un peu de clairvoyance lui tombe alors dessus. Comment peut-elle partir comme ça? Elle n'a que neuf ans et son ambition dépasse largement son jeune âge. Elle pense alors à Martin et se met à pleurer. Comment peut-elle laisser son géant blond? Le seul à jamais l'avoir aidée? Elle veut revoir Martin. Elle veut le revoir maintenant. La douleur de son absence la traverse d'un trait. Elle se met à courir en direction de Rivière-Longue sans s'arrêter pour reprendre son souffle. Elle court ainsi pendant des heures. Jusqu'en pleine nuit noire. Elle ne s'arrête que devant la maison du pêcheur et pousse la lourde porte qu'il ne verrouille jamais. Elle entre dans la maison puis se dirige vers la chambre à coucher. Sans faire plus de bruit qu'un chat elle grimpe sur le lit et se roule en boule aux pieds de Martin. Malgré la légèreté de la fillette, l'homme se réveille.

— Qu'est-ce que tu fais là, toi?

— Bin, je voulais aller chercher maman pour que Roland ne soit plus malade.

— C'est pas de ça dont il a besoin, fifille, il a besoin qu'on finisse la maison. Je vais retourner chercher un docteur pour sa jambe demain, je pense que ça guérit mal.

— Merci Martin. Euh Martin, je peux-tu te demander quelque chose?

— Ce que tu veux, ma chouette.

— Son, je l'aime pas beaucoup, il me fait peur.

— J'te laisserai pus retourner là-bas. Dors bien astheure.

— Martin?

— Oui?

— Tu voudrais-tu être mon père?

— Je le suis déjà, fille, répond-il sans montrer d'émotion.

— Oh…

Un moment.

— Merci papa, fit Marcelle qui prononce ce nom pour la première fois de sa courte vie.

C'est ainsi qu'entre Marcelle et Martin, tout est dit. Parce que la fille, comme le père, parle peu.

Sous les coups, sous la pluie,
puis sous une barque bleue

Neuf ans plus tôt

ALINE ET MARTIN ont marché longtemps ce soir-là. En quelques pas, ils ont marché vingt ans. La lune brille sous une épaisse couche de nuages. Des nuages de nuit. Des nuages lents. Ils n'ont pas parlé beaucoup. Parce que entre Aline et Martin il n'y a pas grand-chose à dire. En ce moment. Il sait. Elle sait. Tout n'a jamais été dit. Ce n'est pas nécessaire. Aline est si épuisée qu'elle n'aurait pas pu dire. Pas su comment dire. Martin est si triste qu'il n'aurait pas pu entendre. Il écoute simplement les pas d'Aline. Et les petits soupirs. Des petits bouts de souffle nerveux. Des petites morts. Pour répondre à ces paroles muettes, il a pris sa main. Froide. Froide comme sont les mains des effrayés. Effrayée, Aline l'est. Mais elle est toujours vivante. Pour cette fois.

Martin a tout de suite su pourquoi Aline était sortie se promener un soir où la pluie menaçait. La pluie est bien moins menaçante que Son. Dans les soirs de grande rage, Son devient aveugle. Il ne voit jamais Aline glisser hors de la maison. Ne sent pas qu'elle n'est plus là pour amortir les coups. Il la laisse partir. Peut-être sait-il qu'elle le protège en faisant ça. Elle protège Son de lui-même. L'empêche de commettre l'innommable.

Martin l'avait trouvée devant le grand pin à l'orée du village. Il s'était approché doucement. Avait dit son nom dans un souffle. « Aline ? » Elle a sursauté. Ne l'a pas entendu arriver. Ses oreilles bourdonnaient encore. Son savait crier fort. Et longtemps. Martin ne dit rien. Évidemment. Elle a relevé la tête pour planter son regard dans celui du géant. Bercer son regard affolé dans le sien si calme. Si clair. Si sûr. Martin aux yeux si clairs.

Un nuage a passé, emportant la terreur d'Aline.

— On pourrait marcher un peu ? a demandé Aline.

Martin a posé sa main sur l'épaule d'Aline. Une main chaude.

— Viens, a-t-il répondu en l'entraînant dans la direction opposée au village, vers la plage, vers l'eau.

Et ils ont marché. Le temps qu'il faut. Le temps que la chaleur de Martin ait enveloppé Aline. Elle avait froid. Toujours froid. Ils ont marché jusqu'à ce que la pluie se mette à tomber. Des gouttes d'une pluie nocturne et glacée. Une pluie enveloppée de brouillard.

— Ma barque est couchée sur la plage. C'est un bon parapluie, a offert Martin.

Aline n'a pas répondu, mais a suivi Martin. Leurs pas se sont enfoncés dans le sable. Martin a replacé la barque pour qu'elle soit contre le vent et ils se sont couchés sous ce petit toit bleu. La pluie a claqué sur la coque de leur abri de fortune. Ils n'ont fait que respirer et se tenir au chaud. Pour se rappeler qu'ils existaient. En ces temps-là, à Rivière-Longue, c'est ainsi que l'on faisait les enfants. Avec la mémoire nomade de ceux qui ne parlent pas.

Marcelle est née neuf mois plus tard. Son n'a su que dire. Aline n'aurait su quoi répondre. Aussi elle n'a rien dit. Martin aussi s'est tu.

C'est ainsi qu'il en allait à Rivière-Longue. Se taire pour ne pas mourir. À tous les jours recommencer le grand silence. Celui qu'on ne brise pas.

La petite armée

AVEC ROLAND DEVENU INVALIDE, la troupe doit se rendre à l'évidence, il faut s'organiser. De la bande de gitans qu'ils sont, ils doivent se constituer en réelle petite armée. Un matin où une tempête s'annonce sur leurs esprits agités, Mario et Martin prennent l'initiative salvatrice de leur équipée, soit d'aller conférer avec le malade.

Pâle comme un gisant, arborant un masque tragique, l'éclopé devenu tragédien se vautre depuis déjà plusieurs semaines dans son malheur. Mais voilà, Mario et Martin décident que ça a assez duré, qu'il faut mettre fin au marasme, les risques de contagion augmentant de jour en jour. Mario entre le premier dans l'antre de la bête. Lui d'ordinaire timide et taciturne, il se lance :

— Là-là, mon Roland, ça va faire. J'veux pas te brusquer pis je veux que tu saches que ce que je vas te dire, j'te le dis parce que je te considère mon ami. J'avais jamais fait de crêpes pis de café pour personne d'autre que moé. Viarge, faut-tu que tu soyes mon ami pour que je fasse ça, moé là.

Roland demeure saisi, sa moue figée en un demi-sourire incrédule et amer.

— Là-là, ta maison se bâtira pas toute seule, pis nous on est pas des bâtisseurs. On sait pas où est-ce qu'on s'en va. Faque là-là, si tu peux pas venir au front, c'est pas la fin du monde, mais c'est toé le général pis il faut que tu diriges tes troupes parce que ça va mal.

Martin, qui était entré discrètement dans la chambre, se tient à l'écart, mais hoche la tête au rythme des affirmations de son compagnon.

Alors que Mario termine son laïus, Roland regarde par la fenêtre et voit la petite Simone qui court toute nue et se vautre dans le gazon, alors que Marcelle et Gitane entretiennent une grande conversation, l'une tenant un marteau à l'envers et l'autre une perceuse sans mèche. Mario a raison, la petite armée a besoin qu'on leur indique la voie à suivre. Il faut bouger.

— T'as raison, Mario, merci de me ramener à l'ordre. Ça me fait mal de voir que j'en suis rendu là, mais faut que je me ressaisisse. As-tu un papier pis un crayon ? On va faire une liste pour que Le Grand pis toi vous alliez acheter ce qui manque à Sainte-Rita. Le Gus veut pus rien nous vendre et on a besoin de matériel. On a rien qu'un marteau pis celle qui le tient en ce moment sait même pas par quel boutte le prendre.

Mario ne se tient plus de joie et ce faisant, le bégaiement lui revient.

— Chus-chus ton homme, mon Roland, shoo-shoot, j'ai mon calepin pis mon crayon.

Martin se dirige vers la sortie et laconiquement, il lance :

— M'a aller dire aux filles d'arrêter de nous donner un spectacle.

Alors que Mario note tout ce dont ils ont besoin, Martin sort pour dire aux filles qu'elles en ont assez fait.

— Va te rhabiller, ma Simone, le spectacle est fini.

Mais la petite proteste.

— Non ! Non ! J'aime mieux rester toute nue ! C'est tellement mieux !

Elle tourne sur elle-même les bras en l'air.

— Le vent se lève, fifille, il va mouiller, enwouèye tu vas attraper le rhume. Gitane, dis donc à ta fille d'aller se rhabiller.

Gitane lui lance un regard entre la figue et le raisin, mais obéit. Du regard elle foudroie Simone, retenant à peine un sourire. Ce qui a tout de même l'effet voulu sur la petite fille.

— Bon, bon, c'est correct, j'me rhabille, mais on est tellement mieux tout nu! Pourquoi faut s'habiller?

Personne ne lui répond, on en avait assez dit sur ce sujet.

Mario sort alors de la maison et tient son calepin à bout de bras avec un air victorieux.

— Martin, j'ai-j'ai la li-liste, embarque dans le camion pis emmène-nous chez Ti-Joe à Sainte-Rita.

Aline rêve

ALINE DORT. D'un sommeil allégé par les bruits de la ville. Aline rêve d'une maison. Une maison comme un labyrinthe qu'elle arpente de long en large. Sur le sol, les lettres de Roland lui montrent le chemin.

Elle va de pièce en pièce et découvre trois chambres vides. Déroutée, elle n'arrive pas à se retrouver et tourne en rond dans la demeure. Elle finit par découvrir une pièce où elle reconnaît des objets appartenant à Marcelle puis passe dans une autre pièce où il y a ses propres livres et ses vêtements. Il y a bien longtemps qu'elle a vu toutes ses choses… Peu à peu, le plan de la maison se définit dans sa tête. Elle arrive à se retrouver et se dirige vers la porte d'entrée. Elle l'ouvre. Une lumière trop blanche l'empêche de voir les lieux où elle se trouve. La silhouette d'un ours assis sur le pas de la porte se découpe en contre-jour dans la clarté.

Elle se réveille au son d'une remorqueuse qui dégage les voitures avant le passage des déneigeuses.

Elle se lève. Se fait un café. Et fait son bagage, comme elle l'a fait cinq ans plus tôt. Seulement, elle prend son temps cette fois.

Le luxe de ceux qui ne fuient pas.

Puis elle part.

Dans l'autre direction.

Martin et Son

CE SOIR-LÀ, Martin revient du hangar près du quai. Il marche lentement vers la maison lorsqu'il voit une ombre se détacher dans le clair de lune, seul réverbère à éclairer le Boulevard. L'ombre s'avance vers lui d'un pas à la fois pesant et nerveux. C'est un homme, les cheveux hirsutes et la veste boutonnée en jalouse. Il boite légèrement. Arrivé à un mètre de lui, Martin reconnaît Son.

— Qu'est-ce que tu fais là? demande Martin sans le saluer.

— Paraît qu'Aline est revenue? répond Son.

— Qu'est-ce que t'en sais?

Martin se contracte imperceptiblement.

— Je le sais, c'est toute.

— C'est peut-être vrai. C'est peut-être pas vrai. Qu'est-ce que tu veux savoir vraiment? dit Martin qui se crispe de plus en plus.

Le vent humide lui glace les os, lui qui n'a jamais froid.

— Je le sais, que je te dis. Contredis-moi pas en plus. Après ce qu'elle m'a fait, elle a du front en crisse de se repointer icitte. Pis si c'est rien qu'une rumeur pis qu'est pas revenue pour vrai, bin tu y passeras le message de pas revenir.

Son déclame dramatiquement chacun des mots de son discours.

— C'est son village, elle aurait le droit, répond Martin qui se contient à grand-peine, lui d'ordinaire si calme.

— Pourquoi elle me l'a pas dit qu'elle voulait revenir, c'est ma femme après tout! fait Son, faussement innocent.

— Tu le sais très bien, répond Martin, le souffle de plus en plus court.

Un instant passe sans que les deux hommes se parlent. Martin cherche à se contenir, alors que Son tente de jauger son adversaire. C'est Son qui brise le silence au son du hululement d'une petite effraie. Il se fait convaincant.

— Faut pas croire tout ce qu'elle raconte, Martin. C'est une hostie de menteuse, comme la plupart des femmes. Si t'es trop faible pis trop naïf pis que tu la crois, c'est ton problème. Je te dis ça en ami.

Martin devient de plus en plus enragé et sa voix s'éteint dans un chuchotement :

— Elle a pas eu besoin de dire grand-chose. T'as jamais fait dans la dentelle, pis t'as jamais été discret. Crisse ! Tu fermais même pas les fenêtres quand tu la battais, pis tu hurlais après pendant des heures. Penses-tu vraiment qu'on n'entendait rien ?

Son explose :

— C'était sa faute à elle ! Elle me poussait à boutte, elle faisait exprès pour me faire enrager ! Est folle, est complètement folle. Elle mettait des serpents dans mon esprit. Tu peux pas comprendre l'enfer que j'ai vécu à cause d'elle !

Martin ne se contient plus et crie maintenant aussi fort que Son.

— Là tu fermes ta yeule, tu la fermes drette là. Tu vas prendre tes affaires pis crisser ton camp, on veut pus jamais te revoir au village.

— C'est hors de question que je m'en aille, elle m'a toute pris, toute ! Je m'en vas pas.

— Je le sais bin pas ce qu'elle t'a pris, elle t'a laissé sa maison pis tout ce qu'il y avait dedans, elle t'a même laissé Marcelle. Pour ce que t'en as faite…

Son se décompose. Préférant adopter une autre tactique, il enchaîne, larmoyant :

— Mais je vais aller où ? J'ai nulle part où aller, je suis tout seul au monde, moé.

— Ça l'a jamais empêchée de partir, elle. Astheure tu fais pareil !

Martin ne crie plus, sa voix maintenant éteinte par les menaces qui planent.

Mais Son est enragé, sa voix se transforme en un gargarisme dément. C'est sa voix des grands jours. Ceux où il frappe le plus fort. Ceux qui faisaient en sorte que l'on ne voyait plus Aline pendant une semaine. Il hurle :

— Vous êtes tous des malades, vous allez connaître votre douleur ! T'as pas le droit de me donner un ordre.

— C'est pas un ordre, c'est juste un conseil. Un hostie de bon conseil. Le meilleur qu'on t'a jamais donné.

Martin reprend sa marche et dépasse Son qui reste là, bouillant.

— On me donne pas d'ordre à moé, pas d'ordre, t'entends-tu ?

Sans s'arrêter ni même se retourner, Martin répète :

— Un hostie de bon conseil que tu vas écouter.

La lourdeur des sous-entendus fait plier Son dont les épaules s'affaissent. Il appuie dans un souffle :

— C'est elle, c'est de sa faute…

Martin, qui est maintenant beaucoup plus loin, tourne la tête sans lui faire face et arrête sa marche un instant :

— T'en as assez dit. T'es rien qu'un minable.

Son sanglote, pitoyable, et se met à hurler lamentablement. Des mots qu'il ne comprend pas lui-même.

Aline et L'Ours

ALINE MARCHE DANS LA FORÊT depuis long-temps. Elle a vu le jour tomber, la nuit grimper dans le ciel et le froid passer du sol à ses pieds, puis à ses jambes et ses bras. Elle est dans une vallée. N'a jamais vu de vallée près de Rivière-Longue. Elle sait qu'elle est perdue. Elle s'est perdue en voulant revenir chez elle. Doit-elle rebrousser chemin? Après des jours de marche? Elle a pris l'autobus jusqu'à Pointe-au-Ménil et a marché depuis.

C'est alors que devant elle se déploie une ombre immense. Elle pense qu'un nuage vient de napper la lune. Mais c'est L'Ours qui se dresse, aussi grand qu'un arbre, aussi noir que la forêt. L'Ours. Ses pattes énormes tracent un arc tendu dans les airs et sa gueule béante laisse échapper un grognement qui tonne et résonne à travers la vallée. Le chasseur et la proie se mesurent du regard. Tous deux cherchent à deviner qui est l'agresseur et qui est le chassé. Aline repousse la peur qui l'étouffe. Ramasse assez de courage pour lever son regard vers la bête. Cette bête, elle l'a déjà vue, bien souvent, et pourtant le visage de celle-ci est mouvant et l'émeut. Il sait, lui, qu'il n'y a pas de chasseur ni de chassé. La menace vient de l'intérieur.

L'Ours, grand comme un pin, se déploie au-dessus d'Aline. Elle se sent si petite. Elle pourrait entendre le bruit du vent dans le pelage de L'Ours. Elle ose le détailler du regard. Elle accepte de mesurer sa fragilité à celle de L'Ours. Elle plonge dans son regard alors qu'il penche sa tête pour lui offrir ses prunelles. L'Ours a peur. L'Ours est désemparé. Ou est-ce son reflet qu'elle aperçoit dans ces yeux qui la fixent? Car L'Ours est calme et se donne à elle. Il descend brusquement sur ses quatre pattes sans quitter le regard de la femme. Il lui paraît alors vieux et fatigué. Ils se retrouvent tête à tête. Un ours, c'est un peu comme la mer, on a l'impression que c'est aussi grand que large. Parce que c'est immense. Et mouvant.

Il lui apparaît alors tel qu'il est vraiment. Un grand-père qui en a vu beaucoup. Un grand-père qui a fait le tour du jardin et qui en toute sagesse a choisi le repos.

— Grand-papa. Je m'en retourne là-bas. Son va sûrement être encore là. J'ai peur. J'ai tellement peur. Je le sais qu'il m'attend.

L'Ours secoue la tête doucement et glousse un peu. Un ours qui glousse, c'est aussi convaincant que surprenant.

— Je sais pas quoi faire. J'ai trop peur pour y retourner, mais je dois y aller, ça fait assez longtemps que je me sauve. Ça fait tellement longtemps que je marche en regardant par-dessus mon épaule.

L'Ours se lève et se met en marche. Il se retourne vers Aline et attend un moment. Aline le suit. Elle sait qu'il va vers le village. Elle sait qu'elle n'a rien à craindre désormais.

Quand un ours s'offre à nous, on n'a d'autre choix que de l'accueillir.

Et de ne plus avoir peur.

Le ciel de minuit

J AMAIS ON N'A VU UN BRASIER aussi immense à Rivière-Longue. Les flammes se traînent et déchirent le ciel noir. Des langues de feu qui chatouillent la lune, témoin silencieux de la surprise des villageois. Naufragés ébahis devant ce spectacle exubérant.

Martin se sent responsable. Transi par un frisson d'horreur qui l'a traversé dès que les hurlements l'ont tiré de son sommeil si lourd. Un sommeil de pêcheur fatigué, profond comme la mer.

D'habitude Martin ne se réveille jamais en pleine nuit. Mais cette fois oui. « Au feu ! Au feu ! La maison de Son brûle ! » Il s'était alors éjecté hors de son lit si chaud pour se diriger vers le brasier brûlant. Entre les deux, une course folle dans la nuit glaciale. Il n'avait pas remarqué Marcelle qui avait bondi du lit elle aussi et qui l'avait suivi. Discrète comme un petit chat. Marcelle courant derrière Martin, aussi vite que ses petites jambes le lui permettaient. Marcelle qui espérait secrètement que son père était en train de brûler. Marcelle qui ne voyait rien d'horrible dans cette pensée. Lucidité intimidante des enfants qui ne désirent qu'un monde meilleur. Et le monde serait sûrement mieux sans Son. Voilà ce que pensait Marcelle, dans son petit cœur lumineux. Petite flamme d'espoir qui calcinait tout le désespoir sur son passage. Son brûlerait et ainsi tout serait beau, tout serait propre. Elle a un nouveau papa, alors à quoi bon garder l'ancien?

La culpabilité ronge Martin par grandes bouchées alors que le géant s'approche du sinistre lieu. La stupeur freine sa course. Sa course devient marche. Une marche si lente que Marcelle paraît maintenant gambader à ses côtés. Martin avait donné un conseil à Son, lui avait dit de partir. Il ne lui avait pas dit de brûler. Pourtant il semble que c'est le sort que Son s'était réservé. Mais l'était-ce vraiment? En approchant de la maison en feu, Martin entend le crépitement des flammes qui se mêle aux voix des villageois. Pour eux, l'incendie est un spectacle comme un autre. Trivial.

— C'est-tu dommage… une si belle bâtisse!
– Une chance qu'y vente pas fort j'ai juste ma jaquette! – Il paraît que Bourassa l'a entendu crier

plus tôt. – Vas te coucher fiston, y'é tard – Une poutre grosse de même, j'te dis! – Polion trouve que ça sent le cochon rôti. – C'est frais quand même, j'aurais dû mettre des bas dans mes pantoufles – Une poutre de même, je m'en rappelle encore, on l'avait sciée dans rien qu'un tronc. – Je t'ai dit d'aller te recoucher, fiston! – C'est comme la maison des Arsenault à Rivière-Hâtive… – C'est encore drôle, le toit est toujours pas tombé. – Ah tu parles du *beam* de la maison à Joseph! – C'était quoi le bardeau là-dessus déjà? – C'est comme à Pâques l'an passé. – Je le sais bin pas où c'est qu'a l'est la scie que j'avas pris pour ça, c'te tronc-là… – Là, mon fils, si tu vas pas te coucher, ça va aller mal. – Les pompiers ont dit qu'ils s'en venaient. – J'ai jamais r'vu un beau tronc d'même. – Il s'est chicané avec Le Grand Martin hier soir. – Dret, dret, dret, pas une courbe. – Fiston, j'm'en mêle pus, parle à ta mère. – Heille d'la belle visite, on avait tué le veau gras. – Ça, c'est comme la fois où je les ai appelés pour ma vache qui s'était sauvée! – …chicané fort en plus, y se sont battus, j'cré bin. – Sont jamais v'nus pour ma vache! – J'peux pas croire, j'peux pas croire, se battre icitte. – Penses-tu qu'ils vont prendre rien qu'un camion? – Feu, feu, joli feu…

Martin est pétrifié. Statue de marbre devant le squelette flambant de la maison. Une seule pensée rebondit entre les murs de son esprit enfumé. Y'est-tu mort? Y'est-tu parti? Martin veut savoir. La bâtisse fond à vue d'œil sous les flammes gargouillantes. Des flammes qui avalent et lèchent et lavent. Martin est le seul à se préoccuper de l'habitant de cette maison. Pour les villageois, Son avait tout bonnement cessé d'exister devant l'éventualité d'un drame.

Ils refusent d'admettre la réalité de cet homme par qui le mal est venu, par qui Aline est partie. Ça s'arrête là, il ne sert à rien de penser au sort d'un homme dont on ne veut pas admettre l'existence. Ce n'est qu'un feu comme les autres. Ils peupleront leurs conversations de ce fait divers pendant des mois. Puis on oubliera. On oublie beaucoup à Rivière-Longue. Se souvenir, c'est bien compliqué. Et ça fait souvent si mal. Et ça saigne si longtemps. Les deux seules personnes qui se rappellent l'existence de Son ne sont pas présentes devant le brasier. Placide et Mignonne dorment paisiblement dans leur lit douillet, apaisés par la certitude profonde et absolue que Son a péri de sa main à lui. C'est ce qu'ils ont besoin de croire pour dormir d'un profond sommeil. Pour la première nuit depuis longtemps.

Plus le brasier s'intensifie, plus les villageois s'emballent. Dans la tête de Martin, ça défile à toute vitesse. Il ne voit pas une maison brûler, il voit des langues de feu qui lavent le lieu le plus sale du monde.

Il recule lentement et se dirige vers sa petite maison. Il revient les bras chargés d'objets hétéroclites. Gitane le voit du coin de l'œil et comprend ce qu'il s'apprête à faire. Martin ne parle pas souvent. Pas besoin, ses gestes sont si clairs. Laissant Martin seul avec son monticule, Gitane quitte la scène pour revenir un bref instant plus tard. Elle aussi chargée comme un mulet d'objets de toute sorte. Madeleine arrive elle aussi, d'un pas résolu, avec une immense pile de livres traitant de boulangerie. Ils ont appartenu à sa mère. Le fils du Père Bourassa s'approche avec sa fourche à la main et sa salopette sur le bras, il en a assez. Son regard est dur.

Mario observe la scène en silence, aucun détail ne lui échappe. Il froisse dans ses mains les pages de Montaigne. La rumeur des potineux du village s'adoucit lentement. La musique lente des pas de ceux qui apportent leurs objets rythme maintenant les conversations. De plus en plus de villageois arrivent avec des souvenirs, des babioles, des

colifichets, des mémentos d'un autre temps. Tous
ces souvenirs qu'ils n'ont jamais su raconter. Ils
préfèrent garder des objets inutiles plutôt que de
raconter leurs vies. Ils sont plus ou moins jeunes
et chacun participe, à la hauteur de ses trésors.

Marcelle se tient droite et immense devant le
brasier, inconsciente du manège qui se déroule
derrière elle. Mais elle a eu la même idée que son
père. Son vrai père. Lorsque Gus arrive sur la scène
avec pour seule possession son bloc de factures de
la quincaillerie et son crayon de plomb, Mario
lève son bras en l'air, brandissant ses feuillets, et
il tonne:

— À trois: un, deux, trois!

Une vague immense. Marcelle enlève son grand
tricot noir qu'elle jette dans le feu en premier en
poussant un grand cri.

— Va-t'en! C'est fini, là!

Tous ceux qui se tiennent derrière elle s'ap-
prochent à ce signal. On voit passer de tout. Des
livres, des vêtements, un cheval en bois, un moïse,
des bibelots, une chaise berçante, la laisse d'un
chien, une vieille porte de grange, une baïonnette,
une robe de mariée, un casque de pompier, une
casaque de militaire, une petite croix en bois…

La fourche du fils à Bourassa vient se planter
dans la porte de la maison qui cède sur le coup.

La charpente commence alors à s'effondrer, craquante.

Simone avait apporté un sac de guimauves et un petit bâton. Elle tire sur la chemise de Martin en lui tendant ces munitions sucrées.

— Faut attendre un peu, fille, les guimauves, on les fait sur la braise, c'est bin meilleur.

— Bin là !

Simone fait la moue.

— J'vais rester avec toi, on va les griller ensemble talheure, répond Martin en souriant, la main posée sur la tête de la petite poulette.

Martin et ses tas de mètres et ses mains chaudes. Martin et ses sorties en mer. Martin qui réfléchit aussi fort qu'il aime. Martin qui croise les bras pour ne pas les ouvrir trop vite à tout le monde. Martin, aux mains agiles, qui savent bâtir, qui savent toucher. Martin qui sait trop bien se taire. Martin qui sait pêcher, qui sait nourrir. Martin qui est père.

Les cendres incandescentes pulsent dans l'air de l'aube. Martin est resté seul devant les décombres. Marcelle est partie se coucher avec Gitane et les filles. Madeleine aussi les a accompagnées. Elle, d'ordinaire si discrète et si solitaire, s'est mise à désirer un peu de chaleur humaine. La chaleur du brasier a éveillé en elle un besoin criant de rapprochement. La chaleur de son four à pain ne suffit plus. La chaleur du feu lui a fait désirer celle des corps amis. Ainsi, elle a suivi Marcelle qui suit Simone, le ventre plein de guimauves, qui, elle suit Gitane, qui suit le chat. Et ainsi tout a été dit, parce que rien n'avait besoin d'être nommé. Le besoin de chaleur se comprend. Le désir de rapprochement s'entend. Il crie si fort.

Le vent se lève devant le brasier et le silence se fait doucement. Les pompiers ne sont jamais venus. Un pas lent et poilu et pesant se fait entendre. Martin se retourne. L'Ours le reconnaît et Martin reconnaît L'Ours. Projeté dans ses souvenirs, il ne voit pas Aline qui l'accompagne pourtant.

Martin est seul avec L'Ours devant la montagne de cendres tièdes. Enivré par l'odeur envahissante du feu de bois et des souvenirs, des souvenirs aussi calcinés que les poutres et les solives. Il a l'impression d'être vêtu de fumée, sa barbe est âcre, ses cheveux épaissis par cette laque capiteuse, ses sourcils assombris par tant de réminiscences. Il ne peut pas croire que Son soit disparu, est-ce seulement possible ?

Mais Martin n'est pas seul avec L'Ours.

— Salut fille, on attendait que tu reviennes. On le savait que tu reviendrais.

C'est la voix de Placide. Accompagné de Mignonne. Ils sont venus accueillir leur fille. Et son Ours. Quand votre fille revient avec un Ours, aussi gros soit-il, aussi effrayant soit-il, aussi noir soit-il, on n'a d'autre choix que de l'adopter. Et de comprendre. C'est ça, la famille.

Martin, lui, est perdu dans ses pensées. Ne réalise pas encore qu'Aline est là.

Il l'a déjà croisé, cet Ours. Une fois, en forêt, lors d'une trop longue promenade. De celles où l'on se rend au bout de la route et au bout de soi. Si loin qu'on ne s'y reconnaît plus. C'est ainsi que Martin a connu cet Ours. À ce moment où il était aussi loin de lui qu'il était près de la forêt. Les arbres étaient ses bras, leurs feuilles ses poumons, les sentiers étaient ses jambes et les clairières ses yeux levés vers le ciel. Ce jour-là Martin était une forêt. Un arbre qui marchait parmi les siens. Pendant un instant, il n'avait plus été question pour lui de revenir au village. Pendant une longue seconde qui dure une nuit, il avait pensé rester là pour toujours.

Alors L'Ours s'était approché de lui. De son pas lourd. Une vibration qui vous donne un tremblement. C'est la force de L'Ours qui se transmet par le sol. L'onde de choc de l'immense animal. Il faut s'éloigner pour le voir au complet tant il est grand. Mais Martin ne s'en était pas éloigné. Ainsi, de L'Ours il n'avait d'abord vu que les yeux. Des yeux inquisiteurs.

— Dis-moi donc, Martin. Martin dis-moi. Qui es-tu ? demanda L'Ours.

— Et toi L'Ours, qui je suis, tu le sais-tu ? répondit L'Homme.

— Tu es l'arbre qui marche, mais tu préfères aller sur la mer. Pourquoi ?

— Je ne sais pas, répondit L'Homme à cette question qui le surprit et le brusqua.

— Dis-moi, Martin, que fais-tu si loin de ton village, si loin des tiens ? Que fuis-tu ? poursuivit L'Ours, insensible au trouble de L'Homme.

— Ce ne sont pas les miens, je suis seul. Je ne fuis pas, dit L'Homme en se braquant un peu plus.

— Si tu penses vraiment ce que tu dis, alors n'y retourne pas. Va ailleurs chercher les tiens.

— Mais je ne les cherche pas. Je suis seul.

— En es-tu si certain ? questionna L'Ours, tenace.

Et alors L'Ours s'éloigna de L'Homme de son pas solennel et doux. À quelques mètres de Martin il s'assit et retourna sa tête vers le pêcheur. D'un geste de la tête, il sembla s'ébrouer mais fit plutôt signe à Martin de le suivre. Martin comprit. Martin comprenait si souvent.

Il suivit L'Ours. Le suivit longtemps. Ne lui demanda pas où il l'amenait. Pourtant L'Ours répondit à cette question demeurée muette :

— Je t'amène au bout du monde. Tu sauras enfin à quoi ça ressemble.

Ils avaient ainsi marché pendant des heures et des heures et des jours et des lunes. Un morceau d'infini passa. Un spasme d'éternité. Ça passe vite une éternité quand on ne compte plus les secondes.

Puis, la falaise. Une falaise abrupte qui découvrait une forêt dense en contrebas.

— C'est le ventre de la forêt, Martin. C'est ici le bout du monde. On a tous une forêt dans le ventre. C'est elle qu'il faut parcourir. Plonge.

Martin se sentit alors s'évanouir lentement. Il tombait dans la ouate. Il s'évaporait. Il fut alors pris d'une grande indifférence face à son propre sort. Il sentait les arbres grouiller dans son ventre. Les branches lui chatouillaient les poumons, les racines fonçaient dans ses jambes, le long de ses tibias pour aller s'entrelacer à ses orteils. Il respirait la terre, il chantait le vent.

Martin se réveilla couché sous un pin, L'Ours à ses côtés.

— L'Ours. Ramène-moi chez nous.

⁓

Placide et Mignonne sont retournés à la maison. Aline et Martin sont maintenant seuls. Avec L'Ours. Debout devant les cendres mortes du cauchemar qui n'est plus. Les retrouvailles entre les deux amis se sont déroulées dans le déni. Quelquefois, les retrouvailles, c'est trop douloureux pour qu'on y croie. Ils préfèrent rester face aux décombres que de se faire face.

— *Martin… tu sais, j'avais fini par me faire croire que je t'avais inventé. Que j'avais même inventé Marcelle.*

— …

— *Ça me faisait moins mal de faire semblant… que de savoir que tu existais quelque part. Je préférais que tu n'existes pas vraiment.*

— …

— *Tu sais… quand on a fait un rêve où on s'est senti bien ? Bin on réussit à supporter la réalité seulement parce qu'on sait que ce bien-être est irréel. Que c'était juste un rêve. On pourrait pas supporter sinon. De savoir que ce bonheur-là existe quelque part et qu'on ne peut pas y aller.*

— …

— J'ai fait des cauchemars pendant deux ans après mon départ. Des cauchemars tellement horribles que je préférais la réalité. Mais des fois t'étais là, tu passais dans un rêve. Comme un fantôme. C'est les seules fois où mes rêves étaient calmes. Le reste du temps, j'avais peur de dormir. Je me forçais à m'imaginer que t'étais là pour réussir à m'endormir. Sinon, j'y arrivais pas.

— ...

— Tellement que je me suis demandé si j'étais amoureuse de toi ou si j'étais seulement accrochée au bien que tu me faisais. Le plus beau là-dedans, c'est que notre fille est née de ce bien-être-là. De cet amour-là.

— ...

— Martin, j'aimerais ça te dire tout ça, mais à quoi ça servirait? Le poids de mes souvenirs ne t'appartient pas. Vaut mieux me taire. Faut laisser les histoires se terminer. Même celles qui n'ont jamais vraiment commencé. On est là, debout devant une montagne de braise. On respire ensemble. Comme on a toujours su le faire. La seule chose que je suis capable de te dire c'est:

— ... merci d'avoir pris soin de notre fille Martin. Je savais que tu serais là pour elle.

Aline voit les poils de barbe de Martin se hérisser. Comme il le fait quand il pense fort et serre les mâchoires. Juste avant d'être capable de parler. Et il se frotte la barbe. De la main gauche. Et il prend un grand respir.

— C'est bin normal, je l'aime… notre fille.

Notre fille.

Et il se frotte la barbe de nouveau. Très fort. Aline entend le scric-scric des poils contre la paume de la main du géant.

— Je l'aime aussi, notre fille, mais je l'ai pas su tout de suite. Je me demandais si j'aimais pas rien que le souvenir de toi.

Scric-scric.

Scric-scric.

— J'aurais pu faire mieux, soupire Martin.

Scric-scric.

— Moi aussi, répond Aline.

Scric-scric.

— Je pense qu'elle va nous pardonner ça, conclut Martin.

L'Ours, qui n'avait pas dit un mot, se lève et vient lourdement s'asseoir à leurs côtés.

Un soupir, un craquement de braise. Un vent doux qui les caresse, le hululement d'une chouette. Le cœur de L'Ours bat très fort.

Et le soleil qui se lève.

Le soleil qui se lève pour de bon.

Sur une nuit qui n'en finissait plus d'être noire.

Et la fête
n'est pas terminée, pourtant

L E MATIN où elle arrive sur le chantier, il fait grand soleil et grand vent. Seul Martin l'a vue la veille. Aline était allée dormir chez ses parents.

Ça sent le feu de bois et les feuilles d'automne tombent comme de la neige en hiver. Une pluie jaune, orange et rouge. Personne ne se doute de son arrivée. Sauf Verlaine, parce que les chats connaissent toujours le moment où leur maître va revenir. Les abandonnés ne perdent jamais espoir. C'est ce qui les tient en vie, c'est ce qui les rattache à la terre.

Ce matin-là, Verlaine attend sur la première marche de la galerie de La Maison Seule. Toute la maisonnée dort encore, il est à peine sept heures. Tout ce beau monde qui a pourtant l'habitude d'être debout aux aurores se fait la grâce d'une longue matinée. Mais Verlaine, elle, attend. Il faut bien quelqu'un qui nous attend lorsque l'on est sur le point d'arriver.

Aline marche lentement sur le Boulevard, l'émotion la rend lourde, elle avance dans le coton d'un rêve dont elle espère ne jamais s'éveiller. Son cœur fait un bond lorsqu'elle passe devant les ruines calcinées de son ancienne demeure, le feu nettoie tout, même les pires souvenirs. Elle n'en croit pas ses yeux et fait taire les questions qui se bousculent dans son cerveau encore fatigué de la nuit blanche du voyage.

La nuit noire de son passé s'estompe dans le soleil de ce matin d'octobre, si différent de celui qui l'accompagnait quand elle était partie. S'approchant de La Maison Seule, elle aperçoit Verlaine et sait que si son chat est là, c'est qu'elle est enfin arrivée. Pas de larmes, à peine émue, Aline poursuit sa marche inexorable vers sa maison. Elle avance dans la confiance du présent et l'oubli du passé. Sans rien anticiper des retrouvailles, ni le bonheur ni la tristesse ni le poids des années perdues. Le temps n'est jamais perdu lorsque l'on rêve aux siens.

Verlaine fait un bond en avant en apercevant sa maîtresse et s'approche nonchalamment parce que même dans les plus grandes émotions, les chats savent rester maîtres d'eux-mêmes et désinvoltes.

Cette désinvolture qui leur donne neuf vies. Un petit roucoulement et quelques entrechats plus tard, Verlaine se frotte aux jambes d'Aline.

Mario sort alors sur la galerie, s'ébrouant dans le soleil matinal. Puis il la voit. Demeure pétrifié un moment avant de s'écrier :

— Aline hostie c'est toi ! Aline ! Aline ! Ah bin crisse je le crois pas ! Je le crois pas. T'es revenue…

Mario s'assoit à l'endroit où Verlaine était postée quelques minutes plus tôt et continue de monologuer. Trop troublé pour mettre sa tête entre ses mains. Le regard dans le vague il poursuit sa litanie :

— … est revenue, hostie, est revenue…

Entendant ces cris, Marcelle et Simone sortent aussi de la maison, leurs visages encore bouffis du trop long sommeil.

Simone reste coite pour la première fois de sa vie et c'est Marcelle qui s'exclame comme une grande débâcle au printemps. La glace craque, se fend. Elle reste figée mais hurle à pleins poumons, sans pouvoir pleurer.

— Maman ! Maman, maman ! T'es là ! Maman, maman…

C'en est trop pour ce petit bout de fille. Elle essaye d'avaler sa mère par les yeux, par le nez, par les oreilles.

— Parle-moi maman, parle-moi maman, dis-moi que t'es revenue maman. T'es pas un rêve maman? T'es pas un rêve maman! Je peux-tu te faire une caresse, je peux-tu te sentir maman! Tu sentais tellement bon! Tu sentais comme toutes les saisons en même temps!

Elle se met alors à courir en direction d'Aline, éclate en sanglots. Elle va se nicher dans les bras grands ouverts de sa mère qui reste muette de surprise devant cette enfant de neuf ans qu'elle ne connaît plus vraiment. Elle lui rappelle celle qu'elle a mise au monde. Elle lui semble si belle, si fraîche, si parfaite. Impossible que ce soit la chair de sa chair. Elle se rappelle confusément la nuit sous la barque. Tu es née d'un bien beau rêve, ma fille.

— Flatte mes cheveux maman, s'il te plaît flatte mes cheveux! Reste avec moi maman? S'il te plaît? est tout ce que Marcelle peut dire tant elle pleure fort.

C'est la marée des amours retrouvées, quand on s'emballe à embrasser ceux qu'on croyait ne plus jamais revoir. On n'en finit plus de humer leurs cheveux, de flatter leur nuque, de sentir le sang rugir dans leurs veines. C'est la vie qui hurle tout son bonheur d'un amour partagé et présent. Martin sort alors de la maison, contemple l'étreinte.

— Je le savais que tu t'étais bien occupé de notre fille, Martin. Merci encore, dit Aline sans desserrer son étreinte incrédule.

— J'ai fait comme tu m'avais demandé, bin discrètement. Son a jamais su que je la surveillais.

Gitane suit le géant peu de temps après. Fait craquer les marches de la galerie.

— Salut, la sœur, dit-elle calmement.

L'échange d'un regard complice puis Gitane d'enchaîner, froide :

— Ton mari est parti pis y a mis le feu à la maison. Je pense pas qu'il a brûlé dedans. Bin trop peureux pour ça. Dis-le pas aux parents, ils pensent qu'il est mort.

— Ça y ressemble, il l'a quittée comme il l'a habitée, répond Aline aussi tièdement que sa sœur.

— C'est ce que je me disais. Mais inquiète-toi pas, il reviendra pus, dit Gitane, scellant ainsi le sort de son beau-frère.

— Ça m'inquiète pas. C'est fini ce temps-là. Je cours pus astheure.

Quand on retrouve l'être aimé, on n'en finit plus de le redécouvrir et de s'émerveiller. De tous les petits détails, même les plus insignifiants, du lobe d'oreille aux inflexions discrètes de la voix. Comme parcourir sa terre natale. Tout le monde regarde Aline, Aline regarde tout le monde.

Mario brise le premier le silence qui s'installe :

— Bin là, je veux pas brusquer personne, mais faut que j'aille m'occuper du déjeuner, j'ai une job à faire.

Mario se prépare à rentrer quand Simone sort théâtralement de la maison. Ses petits bras en l'air, bâillant à s'en décrocher la mâchoire, avec des petits oh et des petits ah, elle descend les marches de la galerie au petit trot. S'arrête brusquement devant Aline, qu'elle n'avait pas remarquée avant. Simone se tourne vivement vers Gitane et demande sèchement, image même de la circonspection :

— C'est qui elle ?

Martin éclate de rire. On ne l'a jamais entendu rire, Martin.

— Bin c'est Aline, ma chouette, répond Gitane en échangeant un regard amusé avec Martin qui rit toujours aux éclats.

— Non mais, vraiment là, c'est qui elle ? fait Simone, poursuivant son interrogatoire.

— On va dire que c'est ta tante, répond Gitane.

— Ah bin d'accord…

Simone s'interrompt. Elle vient d'apercevoir L'Ours et se dirige droit vers lui.

— Hé grand-papa ! T'es revenu ! crie Simone en se précipitant pour aller embrasser l'énorme bête.

Tout le monde est un peu surpris de constater l'étrange parenté entre L'Ours et la fillette. Mais comme on a l'habitude de ne pas s'en faire, on ne s'en fait pas. On accepte.

— Oh bin là… j'ai vraiment une famille, conclut-elle. Roland! Roland! Réveille-toi! On a un Ours maintenant! fait-elle en courant vers la maison.

Les retrouvailles ont quelque chose de doulou-reux, c'est comme redresser un membre brisé. On arrête de respirer un moment qui fait très mal et après on a peur de bouger. Incrédule devant ce geste si minime et si radical à la fois. Qui ne peut pourtant pas avoir tout réparé ni tout guéri. Pourtant. Pourtant, on y croit un instant.

Marcelle demeure agrippée à sa mère. Mario rentre dans la maison, précédé de Simone et suivi de Verlaine et Gitane.

Un oiseau passe au-dessus des têtes enlacées de la mère et de la fille. C'est Poilu qui annonce son maître. L'Ours suit l'oiseau d'un œil doux. Un grand coup de vent fait tournoyer les feuilles qui couvrent pudiquement le sol des retrouvailles. Les fins cheveux de Marcelle chatouillent le visage de sa mère. Une chouette un peu perdue hulule sans comprendre que la nuit est terminée. Peut-être parce que sur certaines histoires, la nuit ne cède jamais vraiment la place à la clarté du jour.

Des pas lents, claudicants, se font entendre dans la maison. Les pas de Roland qui s'approche. Une grande main rude pousse la porte battante à moustiquaire. Dans l'ombre de cette toile tendue, le visage de l'architecte se distingue mal, comme la fin d'un rêve peuplé de ce visage mille fois imaginé. Les yeux de Roland fixent le sol d'un air absent alors qu'il passe la porte.

Au son de son propre pas sur la galerie de bois, il lève les yeux pour les poser sans hésitation sur Aline. Il a su dès son réveil qu'elle est là. Il sait. Ne voit pas Marcelle, ne voit qu'elle. La mère. Sa mère. Toutes les mères qui s'en vont sans donner de raison. Parce qu'une mère ne peut pas tout dire.

Aline rend son regard à cet homme dont elle ne connaît que les phrases brèves des suppliques épistolaires. Elle les a reçues, ses lettres. Toutes.

Ce regard dure longtemps. Trente-six ans. Trente-six ans d'attente. Trente-six ans de doute qui s'étalent entre eux deux. L'autre fils. L'autre mère. Elle est là, devant lui. À trois mètres.

Il brise le silence :

— C'est toi.

Au même instant Aline répond et pose la même question.

— C'est toi.

Le regard se prolonge, aussi profond que leurs souffrances. Instantanément partagées. Comprises. Apaisées brièvement par cet échange. La douleur, c'est tellement moins lourd à deux. Dans ce regard ils partagent leurs cauchemars, leurs nuits solitaires et terrifiées.

Marcelle, qui n'a pas bougé, lève les yeux vers sa mère puis elle en suit le regard jusqu'à l'homme qui se tient debout devant elles, appuyé sur sa canne de fortune. La petite fille se déprend doucement de l'étreinte maternelle et se dirige vers la maison, un timide sourire aux lèvres. Le bonheur retrouvé, on ne veut pas trop le montrer. C'est une richesse que l'on craint d'afficher avec ostentation par crainte de se la faire voler.

Aline sourit en réponse à sa fille.

— Roland?

Aline l'appelle doucement.

L'interpelé demeure interloqué. Abasourdi.

— Roland.

Ne dit rien.

Mais ses yeux se remplissent de larmes qui courent se déverser dans sa barbe.

Toujours plus nombreuses, folles. Des larmes empressées de sortir parce que trop longtemps contenues. Des larmes qui chevrotent, glissant sur une mâchoire tremblotante.

— Je pense qu'on peut devenir de bons amis, Roland, dit Aline.

Mais Roland l'entend-il ?

Étranglés par l'émotion, les mots ne viennent qu'après de longues minutes.

— Ah oui ? éclate-t-il.

Il pleure maintenant à chaudes larmes.

— Aline, ça pourrait-tu être chez moi ici ? fait-il entre deux sanglots.

Roland supplie.

Les bras ballants.

Épuisé.

Un homme, ça ne pleure pas souvent. Mais quand ça pleure, ça pleure beaucoup. Parce que c'est le petit gars en dedans qui pleure. Et un petit gars, ça pleure fort. Surtout quand on lui a interdit de le faire pendant longtemps. Trop longtemps.

Aline sourit maintenant à pleine bouche et à pleins yeux.

— Certainement. Est belle, la maison. Encore plus que sur les photos que tu m'as envoyées, répond Aline.

Roland se retourne vers la maison. Sa maison. Il ne retient plus ni larmes ni sanglots ni tremblements. Le soleil brille si fort à travers ses larmes. Sa canne ne peut pas porter tant de bonheur. Il s'assoit par terre.

L'homme s'écroule devant la maison. Sa maison qui est finalement debout. Sans qu'il s'en rende compte, Aline s'est approchée et se tient maintenant à sa gauche.

— Laisse donc faire ta canne pour tout de suite. Appuie-toi sur mon épaule.

Il obéit docilement. Moulu, brisé par la longue attente qui pour lui vient de se terminer. Elle était revenue. Toutes les femmes étaient revenues d'un seul coup.

— On va aller manger des crêpes pis on va boire un café. On va se raconter ça. Ça va aller astheure. Je suis revenue pis je bouge pus. C'est chez nous ici. Ça sera toujours chez nous. On va la finir ensemble, la maison. Ça va aller.

Ils entrent chez eux. La porte battante se referme.

Au loin, on voit Madeleine qui court vers la maison.

Avec un panier.

De biscuits…

Sûrement.

Parce qu'il faut bien partir

LE RETOUR D'ALINE a étrangement sonné le glas de nombreux villageois. Une série de décès que l'on ne s'explique pas a fait rage au village parmi les habitants plus âgés.

Madame Arsenault, surnommée Moutarde à cause de son tempérament, âgée de soixante-seize ans, est morte en pleine crise d'éternuements. Crise générée parce que son mari, Roger, soixante-dix-sept ans, a eu l'audace de tondre le gazon en lanières diagonales plutôt qu'horizontales. Sacrilège qui la désespéra au plus haut point. Tant et si bien que la colère ne fut pas un exutoire suffisant et qu'elle se mit à éternuer jusqu'à ce que son cœur, muscle insuffisamment entraîné, la lâche entre deux « atachas ». Le prévenu dans cette histoire mourut deux jours plus tard, enseveli sous un chagrin alourdi par la culpabilité.

La vieille Doudoune, surnommée ainsi parce que pour passer les fraîches soirées d'automne à scèner sur sa galerie, s'emmitouflait dans une couverture sans âge. C'est en se berçant dans un engin grinçant ayant appartenu à sa mère que La Doudoune mourut scandalisée. Bêtement étouffée par un raisin qu'elle avala tout rond lorsque, choquée, elle vit le timide Agnan embrasser à pleine bouche la frétillante Madeleine.

C'était un soir humide, fin octobre. L'été des Indiens était tardif. La chaleur inattendue enflammait les âmes seules. Le jeune couple enlacé au milieu des herbes du Pré-à-Paquette s'en donnait à cœur joie, faisant fi de leurs bas trempés et de leurs pieds glacés. Que nous importe nos pieds humides quand on a le cœur chaud?

La vieille Doudoune, donc, mangeait des raisins rouges, sans vraiment prendre le temps de respirer… ni de mâcher d'ailleurs. De ses yeux perçants, elle vit la langue rose de la Madeleine s'étirer avidement hors de cette si tendre bouche qui aspirait clairement les lèvres encore pucelles du fébrile commis des postes! C'est alors qu'un raisin un peu cynique glissa des doigts ridés et tremblants d'envie de la vieille femme. Il omit de s'arrêter au dentier pour se propulser au fond de la trachée et y rester.

Les amoureux ne virent jamais qu'au moment où leurs souffles s'enlaçaient, La Doudoune expirait pour une dernière fois. Le bruit des grillons exaltés couvrit les suintants appels de détresse de cette belle au bois dormant qu'aucun baiser ne réveillerait.

~

La vieille Sophie, qui avait passé sa vie à courir après son temps, mourut écrasée sous son horloge grand-père. C'était un frêle petit bout de femme, toute brune, qui ne sortait presque jamais de sa maison. Un soir, elle tentait de remonter l'horloge qui trônait, paternelle, dans son salon, quand l'étalon à Bourrassa, en rut et en fugue, vint ruer contre le mur extérieur de sa maison. Le choc fit basculer l'horloge qui sombra sur la vieille sans défense et le temps s'arrêta à cinq heures et vingt de l'après-midi. Cela permit au moins au docteur de prononcer l'heure du décès. Ce fut pour lui une mort bien commode, quoique peu commune. Le dimanche suivant, la vieille Sophie ratait la messe pour la première fois en soixante-dix-huit ans.

~

Alors que père et fils couraient après l'étalon familial, Le Père Bourassa fut surpris quand son fils lui confia qu'il ne voulait plus reprendre les rênes de la ferme familiale.

— Tu me déçois, mon fils. On dirait que tu veux me faire mourir de tristesse, lui avait-il déclaré en ce samedi matin fatidique.

L'étalon sautait par-dessus la clôture, les deux hommes, habitués, partaient à sa course.

— Je le sais bin, son père, mais je peux pus, ça me rend trop malheureux, répondit le fils ingrat.

— Le malheur, le malheur! Qui t'a dit qu'on était sur Terre pour être heureux? Prends sur toi, mon fils, ça va passer! Les sœurs appelaient ça les épreuves! Tu gagnes ton ciel, c'est rien pour toi, ça? accusa le patriarche.

Ils firent une pause pour souffler devant le bureau de poste, le dos plié, les mains sur les genoux.

— La religion fait rien pour moi, le père. Ça sert à rien que vous me parliez du ciel si c'est l'enfer pour moé sua terre, poursuivit le fils Bourassa, laconique.

Ils couraient toujours, l'étalon était rendu derrière l'église et se jouait d'eux. Ils tournaient en rond autour du lieu sacré.

— Pis qu'est-ce que tu penses faire de tes dix doigts? Tu sais rien faire d'autre! Awèye à maison, de toute façon cet étalon-là vaut rien, y'écoute pas, râlait le père.

De retour à la maison, Bourassa faisait les cent pas sur le plancher de la cuisine qui avait connu des centaines de parades comme celle-là.

— Bin j'vas apprendre d'autres choses. J'vas aller en ville, j'vas partir d'icitte, j'vas trouver de quoi m'occuper certain, chus dégourdi, son père, je tiens ça de vous, dit le fils qui se servait du lien filial comme d'un dernier recours.

— Bin va-t'en ! Laisse-moé mourir de douleur pis de chagrin ! Une chance que ta pauvre mère est pus parmi nous, a serait bin morte de douleur elle aussi ! continuait le père dont la voix s'ourlait de faux sanglots alors qu'il évoquait la défunte matriarche.

L'amour filial est une guerre qui se joue à deux.

— Dérangez pas la mère pour ça, son père. Pis vous mourrez pas de chagrin, vous êtes plus fort que ça, conclut le fils.

En effet, Le Père Bourassa ne mourut pas de chagrin. Ce fut pourtant le sort du fidèle étalon de la famille. Il était revenu dans son pâturage et se tenait tranquille depuis un moment. Mais il se trouva éperdu de tristesse après le départ du jeune Joseph. De nouveau, il s'était sauvé de son enclos, avait traversé le village comme un fou. Pour finir par ruer sur la maison de la vieille Sophie. Il était ensuite revenu tranquillement à la maison, mais se laissa mourir de faim. Son maître l'avait abandonné, il ne voulait plus vivre. Étrangement, si le fils Bourassa avait su que son vieux cheval l'aimait autant, il serait resté à Rivière-Longue. Un cheval, ça s'attache. Même si on ne s'en rend pas toujours compte.

Le Père Bourassa ne mourut pas non plus d'épuisement. Ayant appris le départ du fils, Gus alla frapper à sa porte un matin.

— Bonjour, bonjour, Monsieur Bourassa, fit-il craintivement.

— Qu'est-ce que vous voulez, le jeune ? demanda Bourassa, sceptique.

— Bin, bin, c'est que, y a que, euh beuh beee, bégayait-il sans arriver à formuler une phrase.

— Bonyenne, calmez-vous, le jeune, prenez vot' temps, fit Le Père Bourassa, compréhensif comme il ne l'avait jamais été avec son fils.

— Bin, bin, la quincaillerie chus pus capable, Le Maire est toujours sur mon dos. Pis, pis, bin, pis, c'était toute ma vie, mais là je veux la changer, ma vie. J'ai toujours rêvé de trava-va-vailler la terre… Mais j'en ai pas de terre, pis j'en ai pas de famille, pis, pis, je me disais… P'tête que vous auriez besoin d'aide vous-là. Avec le départ de vot' fils pis toute.

Gus n'avait jamais parlé aussi vite. Au fil des mots grandissait sa surprise de ne pas se faire couper la parole. Le Maire lui avait toujours coupé la parole. Il ne l'avait jamais laissé parler aussi longtemps. Ça lui faisait tout drôle à Gus d'être écouté. Ça lui faisait tout chaud en dedans. Il en aurait pleuré.

Le Père Bourassa, lui, toisait le jeune poulain. Peut-être bien, peut-être bien… que ce n'était pas une si mauvaise idée.

— Mouin. P'tête bin. Vous êtes un p'tit qui vous? demanda Bourassa.

— Gagnon. De Rivière-Ouelle, répondit Gus timidement.

— Ah! Des Gagnon! Ma mère avait une cousine au deuxième degré qui était une Gagnon de Sainte-Rita. On est d'la famille dans le fond! conclut Bourassa qui ne pouvait concevoir d'avoir perdu son fils.

Dernier écheveau d'une famille disloquée depuis la mort de sa femme vingt ans plus tôt.

C'est ainsi que Gus devint un membre à part entière de la famille Bourassa et qu'il passa du commerce à la terre.

Le Maire, dans un élan désespéré, avait tenté de reprendre le poste laissé vacant par Gus à la boutique. Ce n'était pas chose simple pour cet homme peu habitué à la besogne. Il ne savait pas maintenir un inventaire, ne comprenait pas la caisse enregistreuse. Surtout, Le Maire n'avait aucune aptitude pour le service à la clientèle. Il n'arrivait pas à comprendre comment un simplet tel que Gus pouvait arriver à faire tout ça.

Assez vite, Le Maire sombra dans l'épuisement. C'est Martin, un matin, qui le surprit les yeux pleins de larmes. Le coude sur le comptoir, le menton dans la paume de sa main, Le Maire pleurait. Le Maire était un homme sensible, Martin le savait bien. Les être désagréables sont bien souvent sensibles. Le Maire interpella le pêcheur :

— Hé, le jeune, as-tu des nouvelles de Ti-Gus ?

— Pour ce que j'en sais, il est content de travailler avec Le Père Bourassa. Ç'a l'air qu'il serait un petit cousin du vieux.

— Comment que tu dis ça ? Ti-Gus y aurait une famille ?

Le Maire se noyait doucement dans ses larmes de plus en plus abondantes.

— Cousin au cinquième degré, toujours bin ça de pris, répondit Martin.

— Pis toi, le jeune ? As-tu une famille ? poursuivit Le Maire.

— Non, moi je viens de nulle part…

Martin hésitait maintenant.

— Mais j'ai les miens. C'est quelque chose comme une famille.

À cette réponse, Le Maire éclata franchement en sanglots.

— J'ai personne moi, le jeune, personne. Pis là, je suis pas capable de m'occuper de mon magasin tout seul. Je sais rien faire moi ! Rien faire, m'entends-tu ?

Martin demeurait silencieux devant la montagne de désespoir qui fondait devant lui. Puis il lui fit une proposition.

— Écoutez, Le Maire. Je vais pus souvent sur la mer, pis la construction de la maison achève. Je peux venir vous donner un coup de main si vous voulez.

Le Maire cessa de pleurer immédiatement. Un petit sourire de fierté déplacée éclaira son œil. L'humilité est souvent fugitive chez les présomptueux. Martin l'interrompit sèchement.

— Minute là, pas d'affaire de me traiter comme le Gus. Je serai pas votre employé. On sera partenaires, on va partager les profits.

Le Maire s'étouffa sur ce petit os.

— Ah... ah... c'est d'accord, finit-il par concéder dans un soupir douloureux.

— C'est entendu, je vais repasser après-demain. En attendant, j'ai besoin d'une boîte de vis à bois de deux pouces et demi, dit Martin qui souhaitait revenir à ses moutons.

— De quoi? répondit Le Maire, sincèrement surpris.

— Laissez faire, je vais aller chez Ti-Joe à Sainte-Rita. On va régler ça plus tard, conclut Martin.

Il sortit de la boutique. Le Maire, ayant assez pleuré, laissait échapper des petits soupirs. Ses derniers soupirs de maire. Il était maintenant Raymond. Raymond-de-la-quincaillerie. Et franchement, c'était mieux ainsi.

Un Ours dans la maison

IL Y A DES MATINS où l'on se réveille heureux. Simplement heureux. Comme un enfant. C'est dans cet état que s'est levé Martin. Aujourd'hui, tout est possible pour le géant à la barbe blonde. En arrivant sur le chantier, il constate que sa bonne humeur est généralisée. Simone chante avec Marcelle une chanson à répondre vieille comme le monde. Madeleine a apporté un de ses gigantesques paniers de biscuits. Mario s'affaire devant le petit réchaud posé sur une table de pique-nique et sert le café aux plus vieux et le chocolat chaud aux petites. Mario est peut-être simple d'esprit, mais il a un sens de l'hospitalité hors du commun.

Roland, qui avait pris l'habitude de se tenir à l'écart depuis sa blessure, trône au bout de la table, assis sur une chaise longue. C'est manifestement le roi des lieux, couronné de soleil. Il semble respirer enfin. Après des semaines passées sous l'eau. Mais le plus surprenant pour Martin est d'entendre toutes leurs voix réunies pour la première fois. Tout le monde parle. Ensemble. Les voix s'entremêlent en un pépiement joyeux. Dessus, dessous, sens devant derrière, musicales, rythmées, coulantes, chaudes, grésillantes. Des voix humaines, des voix vivantes. Aline est assise en indien dans le gazon. Avec Verlaine à ses côtés, elle observe Simone qui s'est mise à parader avec L'Ours autour de la maison. Petit cirque ambulant.

C'est ainsi que se dérouleraient dorénavant les matins à La Maison Seule.

C'est ainsi que La Maison Seule deviendrait La Maison Peuplée.

L'Ours dort paisiblement devant le feu de foyer. Comme chaque soir depuis son arrivée, la troupe l'encercle et tout le monde raconte son histoire alors que lui dort paisiblement. C'est ainsi que l'on fait maintenant à Rivière-Longue. On parle. Enfin. Vraiment. Dans La Maison Peuplée, les conversations se déroulent toujours autour de L'Ours. Et spontanément, la personne qui raconte pose sa main sur le pelage de ce grand-père apaisant.

Un soir, assise par terre près de l'âtre, Aline pose sa main sur le dos de L'Ours mais ne parle pas.

Ils restent là. Tous les deux, à respirer ensemble. Aline ne sait qui du feu ou de L'Ours est le plus enveloppant.

La poitrine d'Aline se gonfle.

Et L'Ours expire.

Une dernière fois.

Parce que c'est ainsi que l'on doit mourir.

Notre dernier souffle enchâssé dans le soupir d'un être aimé.

Épilogue

IL Y A UNE PARTIE DE L'HISTOIRE que je ne racon-
terai jamais. C'est une douleur que je porte
seule. L'horreur se mélange à la honte. Je ne peux
que raconter la fin de l'histoire. Ma fuite.

Je me souviendrai toujours de ce matin-là, il y
a cinq ans. Nous étions couchés dos à dos, Son
et moi. C'était un de ces moments si graves qu'il ne
peut y exister d'hésitation. Lui dormait. Moi pas.

Un instant d'incertitude et c'est fini.

Je devais m'en aller. Sans douter de moi.

Devant une bête affolée, il faut savoir faire le
mort pour rester vivant.

Avec le silence pour seul allié et la rapidité pour
seule arme.

Je portais la certitude de ma décision comme
un bouclier.

Je savais ma fille en sécurité dans cette cage
qui m'étranglait.

L'amener dans ma fuite n'aurait rien pu lui
amener de bon.

Je ne voulais pas que ma fille devienne une bête traquée.

Sort que je me réservais pourtant.

Ce matin-là je plongeai et ne respirai que bien plus tard, une fois la tête sortie de l'eau. Enfin et pour toujours. Libre et vivante. Derrière moi poussaient les voix des milliers de femmes qui avaient pris la fuite avant moi. Devant moi tiraient celles pour qui j'ouvrais la marche et qui m'imploraient de leur montrer le chemin. Toutes ces femmes qui m'ont mise au monde, mères et filles à la fois. Ancêtres et descendantes confondues. Je marchais droite et tremblante. Sans prise sur le réel. J'étais à bout. Il me fallait l'ultime libération, la seule que je pouvais m'offrir, la fuite. J'abandonnais le combat. Je désertais.

À mes yeux, j'abdiquais. Je trahissais à la fois la victime et le bourreau. Je reniais ma fille. Je niais l'amour que j'avais pour elle. Je me refusais la douleur de la déchirure. Je n'avais pas su rester debout. Je n'avais pas su me relever une ultime fois.

Au fil des mois j'avais plié, pour finalement rester roulée en boule sur le sol. Je parais toujours les coups, qui parfois ne venaient pas, mais toujours menaçaient. Ces poings inexorablement levés, cette voix déformée qui hurlait sans arrêt. Qui jamais ne se taisait. Je ne la reconnaissais même pas, je ne connaissais pas cet homme qui hurlait sur moi et avec qui pourtant je vivais depuis un bon moment. Et alors que je l'implorais de ne pas me frapper, couchée sur le dos, les jambes repliées sur moi, mes bras en bouclier, je me sentais partir.

Je n'étais plus là. Au fil des claques, je cessais d'exister. Peu à peu. Je m'écoulais lentement de mon enveloppe. Surtout, je ne voulais pas qu'il me voie quitter mon corps avant que mon corps ne le quitte. Car s'il avait laissé mon esprit s'échapper, je savais qu'il n'en serait pas de même pour ma chair. Plutôt que de me voir partir, il aurait préféré me voir morte.

On ne s'arrache pas si facilement à ceux qui croient nous posséder. Il serait toujours une blessure béante à la surface de la Terre. Il avait cherché à soulager sa souffrance en infligeant la même aux autres. Sa cruauté était aussi grande que sa douleur. Je savais que je ne pouvais vaincre, mais qu'importe, j'avais appris à survivre.

Car la vie ce n'est que ça, vivre une heure à la fois, une journée à la fois, une année à la fois. Et c'est ainsi que le pire devient supportable.

Et la vie, aussi rude soit-elle.

Qu'une courte année.

Rivière-Longue, le 20 mai 2011

Table des matières

Suivez-nous

Achevé d'imprimer en février 2013
sur les presses de l'imprimerie Marquis
Montmagny, Québec